세계
최고령
기업의
비밀

직원 평균나이 75살,

세계
직원 평균나이 75살, 최고령
기업의
비밀

초판 1쇄 발행 2020년 6월 1일

지 은 이 김정진
발 행 인 권선복
편   집 유수정
디 자 인 김소영
전 자 책 서보미
마 케 팅 권보송
발 행 처 도서출판 행복에너지
출판등록 제315-2011-000035호
주   소 (157-010) 서울특별시 강서구 화곡로 232
전   화 0505-613-6133
팩   스 0303-0799-1560
홈페이지 www.happybook.or.kr
이 메 일 ksbdata@daum.net

값 15,000원

ISBN 979-11-5602-804-8 (03810)

Copyright ⓒ 김정진, 2020

도서출판 행복에너지는 독자 여러분의 아이디어와 원고 투고를 기다립니다. 책으로 만들기를
원하는 콘텐츠가 있으신 분은 이메일이나 홈페이지를 통해 간단한 기획서와 기획의도, 연락처
등을 보내주십시오. 행복에너지의 문은 언제나 활짝 열려 있습니다.

세 계   최 고 령   기 업 은   한 국 에   있 다

세계
최고령
기업의
비밀

직원 평균나이 75살, ㅣ 김정진 지음

도서
출판 행복에너지

목차

1장.
노숙자 할배가 컴퓨터 선생으로 변신하다

캄보디아 드림! 사라지다 8   이제 어떻게 살 것인가 19
노숙자 정우 씨 27   컴퓨터 선생이 되다 52   첫 수업 62
호모 루덴스! 손녀와 메일하다 69   호모 쿵푸스! 공부하
는 인간 77

2장.

은빛둥지 날다

일 년 만에 문 닫고 쫓겨나다 86   알을 깨고 나오다 94
은빛둥지 그들만의 보금자리를 찾다 102   동아리 날
다 112   몰입의 즐거움 118   들썩이는 출사의 현장 125
영정사진 봉사단 출동 135   아빠! 그만했으면 좋겠어
143   컴맹에서 컴퓨터 강사로 변신 157

3장.

평생현역이 된 꽃할배

할매! 영화감독이 되다 166   사회적기업의 탄생 173   꿈
을 찾아서 만주를 달리다 182   쓰러진 자! 다시 일어서
다 193   보물섬 발견 201   휴먼북 정우 씨 208   풍문으
로 들었소: 아현의 전성시대 217   은빛둥지 청년을 품
다 225

에필로그 238
출간후기 244

세계
최고령
기업의
비밀

직원 평균나이 75실.

1장

노숙자 할배가 컴퓨터 선생으로 변신하다

캄보디아 드림!
사라지다

"아가씨! 여기 와인 좀 주세요."

한국으로 돌아가는 비행기 안에서 정우는 연거푸 와인을 들이켰다. 텅 빈 배 속이 와인으로 채워지면서 출렁이는 소리가 들리는 듯했다. 생각해보면 일주일 동안 술과 물밖에 먹은 기억이 없다. 그런 빈속에 또다시 술을 집어넣자 위장이 쓰라렸지만 기분만은 한결 나아졌다. 술로 속을 채우니 조금은 위로가 되는 것 같았다.

"이제 다시는 캄보디아에 못 오겠지, 다시는."

비행기가 이륙하면서 조그만 창문 밖으로 캄보디아의 전경이 서서히 멀어지더니 이내 사라졌다. 그렇게 정우의 캄보디아 드림도 아득한 꿈이 되었고 그의 직함도 사라졌다. 멀어져 가는 캄보디아 땅에 무언가 놓고 온 듯한 기분이 들었다. 감정 없는 눈물이 흘러내렸다. 울고 있는 나 자신이 신기하게 여겨졌다. 최근에 울어 본 기억을 더듬어 보았지만 없었다. 60살이면 그럴만한 나이라고 생각하니 헛웃음이 나면서 캄보디아에서 지내던 시간들이 생각났다.

'캄보디아 농업개발공사 사장'. 그것이 정우의 명함에 새겨진 직함이다. 그는 한국과 캄보디아에서 엘리트로 인정을 받았다. 서울대를 졸업하고 세계적인 석유회사 쉘에서 일하며 글로벌한 감각을 익혔다. 당시 그는 한국의 샐러리맨보다 훨씬 많은 돈을 벌면서 성공한 삶을 살고 있었지만 더 큰 성공에 대한 꿈을 안고 미지의 땅 동남아시아로 떠났다.

정우가 처음 간 곳은 말레이시아였다. 그때는 현대건설과 대우건설이 다국적 기업들과 말레이시아에서 인프라 사업을 놓고 보이지 않는 전쟁을 하고 있었다. 수주 경쟁이 치열할수록 로비스트의 역할과 몸값이 올랐고 수주가 성사되면 막대한 인센티브를 받았다. 그렇게 그는 로비스트가 되기로 마음을 먹었다. 말레이시아의 왕족들과 유력 정치인들이 자주 모이는 곳에서 인맥을 쌓기 시작했고 그들과 친구가 되었다. 그다음부터는 모든 일이 순조로웠다. 그는 한국 건설사로부터 최고 대우를 받으며 사업을 따내기 시작했다. 어느새 정우는 말레이시아에서 유력인사가 되었고 그를 통하면 안 되는 일이 없었다. 어느새 정우의 생각은 말레이시아로 향하고 있었다.

"정우!"

정우와 가장 친하게 지내던 말레이시아 왕족 리처드가 주관하는 모임에 참여한 정우는 갑자기 뒤에서 자신을 부르는 소리를 들었다. 퍼뜩 고개를 돌리니 처음 보는 남자 한 명과 함께 있는 리처드가 그를 향해 손을 흔들고 있었다. 정우는 저 사람이 대체 누굴까 궁금해하면서 리처드에게 다가왔다.

"정우, 이쪽은 펑신이에요. 캄보디아의 미래를 항상 걱정하고 있는 친구죠."

리처드는 캄보디아 왕족 펑신을 정우에게 소개해 주려고 온 것이었다.

"리처드에게 이야기 들었습니다. 최고의 비즈니스맨으로 알고 있습니다."

펑신은 손을 뻗어 정우에게 악수를 청했다.

"과찬이십니다. 만나 뵙게 되어 영광입니다."

그날 정우와 펑신은 취하도록 술을 마셨고 친구가 되었다. 펑신은 캄보디아의 경제적, 사회적 현실에 대해 열변을 토하면서 한국이라는 나라의 성공 비결을 몹시 궁금해했다. 또한 정우의 개인적인 비즈니스 이야기에 대해서도 많은 질문을 던졌다. 정우는 캄보디아를 향한 그의 애정에 놀라면서 경제 개발을 위한 한국의 노력과 결과에 대해 성의 있게 설명하기 시작했다.
정우 역시 펑신과 캄보디아에 관심이 많았다. 왕족으로서 남부럽지 않은 생활을 누리고 있을 그가 한국의 로비스트인 자신에게 먼저 관심을 가지고 왔다는 사실은 몹시 신기하고도 흥미로운 일이었다. 정우 역시 평신에게 많은 질문을 했다. 그렇게 그들은 서로에 대한 호기심을 충족시키면서 끈끈한 유대관계를 쌓아 나갔다.

일주일 뒤, 캄보디아로 돌아가는 평신은 정우에게 캄보디아 여행을 제안했다. 말레이시아에서의 일이 마무리되어 가던 시기여서 정우는 흔쾌히 승낙을 하고 평신과 함께 캄보디아의 수도 프놈펜으로 떠났다.

평신의 집은 궁전 같았다. 그곳에서 정우는 캄보디아의 왕족과 유력 정치인들을 만났다. 그들은 얼마 전까지만 하더라도 캄보디아보다 못 살던 한국이 아시아의 경제대국으로 성장한 비결을 몹시도 궁금해했다. 정우는 다국적 기업과 로비스트로 일하며 쌓은 경제 지식들을 동원해 그들의 궁금증을 풀어 주며 친구가 되어 갔다.

"정우! 당신은 진정한 캄보디아의 친구가 되었소. 여기에 머무르며 캄보디아 경제에 관해 많은 조언을 부탁합니다."

반년이 지나면서 정우는 캄보디아의 왕족이란 왕족은 다 만나 보았고 유력 정치인과도 깊은 교감을 나누는 사이가 되었다. 한국을 본받아 캄보디아의 경제적 활로를 찾으려는 펑신의 열정은 정우의 마음을 크게 흔들어 놓았다. 또한 캄보디아를 두루 살펴보고 이곳의 왕족, 정치인들과 깊은 이야기를 나누며 캄보디아의 가능성을 점쳐 보기 시작했다. 정우는 캄보디아를 도우면서 자신도 돈을 벌 방법이 있을 거라는 생각에 이런저런 궁리를 시작했다. 그때 펑신의 말이 떠올랐다.

"캄보디아는 기후가 좋아서 삼모작까지 합니다. 그런데 농사기술이 부족해서 생산성이 떨어져요."

농업학과를 졸업한 정우는 농사에 관심이 많았다. 물론 학교를 졸업하고 농사를 지어 본 적은 없었지만 학교 동창들은 한국의 농업을 선진화시킨 주역들이었다. 그들의 도움을 받는다면 일이 쉽게 풀릴 것 같았다. 그는 동식에게 전화를 걸었다.

"동식아, 농어촌공사는 잘 돌아가고 있지? 나 지금 캄보디아인데 기후가 좋아서 삼모작이 가능하대. 농사짓기에는 천국이지. 그런데 농사기술이 부족해서 생산량이 적다는데 좋은 방법이 없을까?"

"그래, 오랜만이다. 정우야. 캄보디아는 세 달 전에도 농업기술 심포지엄 때문에 방문한 적이 있었지. 그런데 도와주려면 국가 대 국가는 힘들어. 정치 문제도 있고. 차라리 공기업이면 모를까."

정우와 동식은 4·19 때 데모를 하고 함께 감옥에 투옥되었던 동지 같은 친구였다. 이후 5·16 군사정변이 일어나면서 새로운 바람이 불 때 동식은 "나라에서 일해 보겠다."며 행정고시를 보고 공무원이 되었다. 동식의 말을 곱씹어 보던 정우는 평신을 찾아갔다.

"캄보디아에 농업개발사업을 해보는 거 어때요? 이름도 생각해 놨습니다. 한국캄보디아 농업개발공사. 나는 한국 대표고 평신은 캄보디아 대표로 합시다. 한국의 우수한 농업기술을 가져와서 캄보디아에 접목만 시키면 농사 혁명이 일어날 겁니다."

"동업을 하자는 거네요. 좋습니다."

그렇게 한국캄보디아 농업개발공사가 탄생했다. 정우는 발
빠르게 움직였다. 우선 한국 농어촌 개발공사와 업무협약을 맺
었다. 농업기술 심포지엄에서 보여 준 캄보디아의 농업기술 확
보에 대한 열망은 한국 농어촌개발공사에도 이미 잘 알려져 있
었다. 정우는 동식의 도움을 받아 어렵지 않게 한국 농어촌개
발공사와 업무협약을 체결했다. 그 다음은 기술 인력의 확보가
필요했다. 다행히 농촌진흥청의 박사급 우수 연구원들이 직접
캄보디아에 장기 파견을 나와 농업기술을 전수하기로 했다. 그
리고 캄보디아에서 생산된 쌀은 다른 나라보다 한국에 싸게 공
급하기로 협약했다. 장기적으로 두 나라 모두에게 이익이 되는
유용한 사업이었다. 하지만 중요한 문제가 정우의 발목을 잡았
다. 그건 바로 농지를 확보하는 문제였다.

"투자할 수밖에 없는 것인가……."

대규모 사업인 탓에 큰 농지가 필요했다. 정우는 반평생을
쉘의 비즈니스맨과 로비스트로 일하면서 많은 재산을 모았다.

하지만 그는 이 사업을 진행하려면 그 돈을 모두 투자할 수밖에 없다는 사실을 깨달았다. 항상 진취적인 도전을 신조로 살아왔지만 반평생 동안 쌓은 것을 한 번에 투자하는 결정은 쉽게 내리기 어려웠다. 정우는 며칠을 밤낮으로 고민했다. 희망찬 캄보디아의 미래를 꿈꾸는 열정적인 펑신의 모습과 바쁜 와중에도 한국 농어촌개발공사와의 협약을 도와주던 동식의 모습이 교차했다. 정우는 결정을 내렸다.

"캄보디아는 물론 한국의 미래를 위한 일이기도 하다. 해 보자!"

이번 사업을 통해 한국과 캄보디아 사이의 밀접한 관계가 형성되고 성과를 내면 동남아시아 전역에서 더 많은 사업기회가 생길 거라고 정우는 판단했다. 그는 그동안 모은 돈을 모두 이 사업에 투자했다. 일생일대의 승부를 건 것이다. 대규모 농업 개발을 위해 캄보디아의 지방자치단체와 합작해 땅을 샀다. 모든 계약은 안전을 위해 달러 기준으로 맺었다. 일은 순조롭게 진행되었다. 그러나 잘나가던 사업에 먹구름이 드리우기 시작했다. 아시아 외환위기가 시작된 것이다. 그로 인해 한국과 캄보디아도 직격탄을 맞았고 평신과 정우는 진퇴양난의 위기에 놓였다.

"해외 투자자들이 계속해서 한국에서 돈을 빼내고 있습니다."

"통화 가치가 30% 이상 떨어졌소. 달러를 마련하기 극도로 힘든 상태입니다."

해외 투자자들은 한국에서 돈을 빼기 시작했고 경제 상황은 순식간에 공황상태에 빠졌다. 달러 환율은 하루가 무섭게 올랐고 달러 송출도 중단되었다. 모든 것을 쏟아부었던 한국캄보디아 농업개발공사는 모내기 한 번 해 보지 못하고 그렇게 허무하게 부도가 나 버렸다.

"평신, 모든 게 끝난 듯합니다. 캄보디아가 한국의 농업기술을 전수받아 농업대국이 되기를 바랐던 당신과 나의 꿈은 외환위기로 사라져 버렸습니다. 캄보디아에서 나의 역할은 이제 끝난 것 같군요. 그동안 친형제처럼 도와줘서 고마웠소."

정우는 공항에서 그를 배웅하던 평신에게 마지막 인사를 건 넸다. 그들은 마지막 포옹을 하며 눈물을 보였다. 캄보디아 드림을 꿈꾸며 자신의 모든 것을 쏟아붓고 야심차게 사업을 펼치던 정우는 한순간에 빈털터리가 되었다. 그의 나이 60살이었다.

이제
어떻게 살 것인가

일 년 만에 집으로 가는 길엔 설렘이 없었다. 정우는 빈손으로 대문을 열었다. 거실로 들어가니 큰아들 형석이 나와 있었다.

"아버지, 오셨어요. 많이 힘드셨죠. 이야기는 들었습니다."

"그래, 그렇게 됐다."

처음으로 아들에게 위로를 받자니 정우는 눈시울이 뜨거워졌다. 하기야 형석이도 이제는 서른이었다. 세 달 뒤에 결혼을 앞두고 있던 형석은 어제 예비신부에게 결혼을 미루자고 했다. 결혼 준비로 한껏 들떠 있던 선영은 말없이 고개만 알듯 모를

듯 끄덕였다. 그런 선영을 보고 있으니 형석은 내내 가슴이 먹먹했다.

지금은 도저히 결혼할 상황이 아니었다. 아버지가 전 재산을 쏟아부은 캄보디아 사업은 IMF로 한순간에 날아갔다. 얼마 전까지만 하더라도 뉴스에서 연일 떠들어 대는 기업들의 부도소식은 남 일인 줄만 알았다. 엄마에게 아버지 소식을 듣기 전까지는 말이다. 그리고 형석은 오늘 또 한 번 절감했다. 외국에서 집으로 오시는 아버지 손에는 늘 반가운 선물이 들려 있었다. 아버지의 빈손이 망해버린 지금의 현실을 말해 주는 것 같아 마음이 더욱더 착잡했다.

"엄마는 어디 갔니?"

"네……. 외삼촌댁에 갔어요. 들으셨는지 모르겠지만 얼마 전에 외삼촌께서 다급하게 집에 오셔서 보증을 좀 서 달라고 하셨는데 그 이후로 연락이 안 돼서요. 걱정이 많으셨는데……. 며칠 전에는 차압 집행관이 집에 다녀갔습니다. 그래서 외삼촌 찾으러 다니고 있는데……."

그제야 TV와 냉장고에 있는 빨간 딱지가 정우의 눈에 들어왔다. 안방에 후다닥 들어갔더니 온통 빨간 딱지가 덕지덕지 붙어 있었다. 모든 걸 잃어버렸지만 그래도 돌아갈 집은 하나 있지 않느냐며 스스로를 위안했던 정우였다. 다리에 힘이 풀린 정우는 방바닥에 털썩 주저앉았다. 물을 권하는 형석의 손이 뿌옇게 흐려 보이면서 이내 아들 앞에서 눈물을 보이고 말았다. 그러다 순간 아내 생각이 났다.

"네 엄마는 언제 나갔냐?"

"삼 일 전에 나가서서 아직 안 오고 계세요. 외삼촌 찾기 전까지는 안 오신다고……."

"이 녀석아, 지금 그게 중요한 게 아니다. 이러다 네 엄마 영영 못 본다. 빨리 외가 쪽에 연락해 봐."

정우는 비행기에서 보았던 신문기사가 자꾸 마음에 걸렸다. 기업들이 부도나고 가정이 파탄 나면서 자살자들이 급증하고 있다는 기사였다. 기사와 아내 얼굴이 오버랩되면서 심장이 쿵쿵쿵쿵 뛰었다. 형석이도 아차 싶었는지 사색이 되어서 외가 쪽에 전화를 돌렸다. 다행히 엄마는 외숙모와 함께 있었다.

"형석아, 나 좀 바꿔 줘."

수화기 너머에서 아내는 울고 있었다. 남편이 무사히 집으로 돌아왔다는 안도감과 함께 상의도 없이 동생에게 보증을 해서 집을 차압당했다는 죄책감이 숙희를 울게 만들었다.

"그냥 집으로 와. 당분간 처남은 찾기 힘들 거야. 찾지도 말고, 그냥 와. 그냥……."

숙희도 알고 있었다. 빚쟁이들에게 쫓기는 동생은 어디론가 꼭꼭 숨어 버렸다는 것을. 숙희는 며칠 동안 아무것도 먹지 않은 동서를 위해 흰죽을 끓여 밥상에 차려 주고 나왔다. 남겨진 사람은 어떡하든지 살아야 했다. 숙희는 터벅터벅 걸어서 버스를 타고 집으로 돌아왔다.

집에 가까이 오니 은은한 라일락 향이 숙희를 힘들게 했다. 숙희가 집 마당에 직접 심은 라일락이었다. 이제 그 라일락이 있는 집을 비워 줘야 했다. 꽃이 있어 봄을 가장 좋아했던 숙희는 난생 처음 4월이 잔인할 수 있다는 것을 깨달았다. 삐걱대는 대문을 열고 들어서니 걱정스럽게 자신을 쳐다보고 있는 형석이 보였다. 또 눈물이 와락 흘러내렸다. 남편은 빨간 딱지가 붙어 있는 식탁에 홀로 앉아 안주도 없이 소주를 들이켜고 있었다. 숙희는 냉장고에서 백김치와 먹다 남은 오징어무침을 꺼내 소주병 옆에 슬그머니 놓았다. 남편이 의식적으로 자신과 눈을 마주치지 않으려 하는 것을 느낄 수 있었다.

"여보, 미안해요. 너무 급하다고 해서 어쩔 수가 없었어요. 미안해요. 여보……."

흐느끼며 말하는 숙희에게 정우는 아무 말도 하지 않고 소주잔만 만지작거렸다. 오랜만에 보는 아내가 내심 반갑기도 했지만 막상 울고 있는 아내를 대하니 '정작 울고 싶은 건 나'라는 말이 목구멍까지 차올랐다. 하지만 차마 그 말을 할 수는 없었다. 무슨 대책을 세워야 했지만 오늘은 그냥 아무 생각도 하지 않고 취하고 싶었다.

소주 세 병을 비우고 나서야 정우는 일어섰다. 소주를 비워도 취기가 채워지지 않았기 때문이다. 그대로 이불 속에 들어갔다. 아내는 불을 꺼 주었다. 눈을 감고 있었지만 잠은 오지 않았다. 머릿속이 너무 뜨거워서 다시 눈을 떴다. 시간이 지나자 방 안의 어둠이 걷히면서 곳곳의 풍경이 시야에 들어오기 시작했다. 정우가 좋아하던 그림에 붙어 있는 빨간 딱지가 눈에 거슬렸다. 일어나서 빨간 딱지를 떼어내 북북 찢어 버렸다. 빨간 딱지를 찢으면 속이 시원할 거라 생각했지만 오히려 바보 같은 짓을 하고 있는 자신이 유치하다는 생각이 들었다. 빨간 딱지가 있든 없든 이제 그림은 그의 것이 아니었다.

정우는 다시 이불 속으로 들어갔다. 얼마나 시간이 흘렀을까? 어스름한 빛이 창을 통해 들어왔다. 아침이 오지 않았으면 좋겠다는 생각이 들었지만 그 또한 부질없는 생각이었다. 정우는 집을 나섰다. 머릿속이 계속 뜨거웠고 가슴에는 날카로운 돌이 하나 박혀 있는 것처럼 답답했다. 정우는 자꾸만 혼잣말을 되뇌었다.

"정신 똑바로 차려야 돼……. 그래, 정우야. 정신을 똑바로 차려야 돼."

무작정 걸으면서 정우는 집을 비우고 가족들이 갈 곳을 생각했다. 그게 제일 먼저 해결해야 할 일이었다. 형석이는 회사 근처로 원룸을 얻어서 나가겠다고 해 걱정이 없었다. 문제는 아내 숙희였다. 정우는 숙희를 이해했지만 그렇다고 숙희에 대한 원망과 미움이 사라지는 건 아니었다. 마찬가지로 숙희도 전 재산을 투자하고 사업을 부도낸 정우에 대한 원망과 미움이 있을 터였다. 당분간 떨어져 혼자 있고 싶었다. 정우는 숙희를 고향집이 있는 봉화로 보내야겠다고 생각을 했다. 그곳에 가면 동생 내외가 있으니 숙희도 적절히 도움을 받을 수 있었다. 그렇다면 나는 어디로 갈 것인가?

　"나는 어디로 가야 하지, 아니 이제 어떻게 살지……. 나이 60에 무얼 할 수 있을까?"

　정우는 올해 환갑이었다. 몇 달 전에는 친지들과 생일날 근사한 호텔 식당에서 식사하자고 약속까지 했던 기억이 떠올랐다. 불과 한 달 전만 하더라도 정우는 한국캄보디아 농업개발공사 사장이었다. 지금의 현실이 자꾸 비현실적으로 느껴졌다. 아니, 현실이 아니었으면 싶었다. 그러나 현실은 가혹했다. 정우는 집으로 돌아왔다.

"형석아, 너는 빨리 회사 근처에 집을 알아보고 이사해라. 당신은 당분간 봉화에 내려가 있어요. 내 정리가 좀 되면 다시 부르리다."

"당신은 어디에 계시려고요?"

"서울에 남아 해결해야 할 일들이 좀 있어서……. 그걸 좀 해결하고 연락을 하리다."

거짓말이었다. 서울에 남아 해결할 일은 이제 없었다. 캄보디아 사업은 달러 환율이 천정부지로 올라서 더 이상 건질 건 아무것도 없었다. 다만 정우는 혼자 있고 싶었다. 단지 말이다.

노숙자
정우 씨

가족들을 보내고 정우는 홀로 남았다. 시간이 제법 지났지만 아직 정우는 자신의 처지가 비현실적이라 생각했다. 시시때때로 마음속에 분노가 차올랐다. 정우는 가슴이 답답하다고 주먹으로 자기 가슴을 치는 사람들을 비로소 이해하게 되었다. 분노가 차오르면 가슴에 있는 돌덩이도 함께 차올라 날카로운 아픔이 느껴졌다. 그럴 때면 그도 주먹으로 가슴을 때렸다.

"동남아시아 발 외환위기가 대한민국 전체를 흔들고 있습니다. 최근 석 달 동안 파산 신청을 한 기업의 수는……"

습관적으로 틀어 놓고 있던 TV뉴스의 소식은 지금의 정우에게는 가슴속에 바윗돌 하나를 더 얹는 꼴이었다. 기분이 나빠진 정우는 의자에서 일어나서 거칠게 TV전원을 내렸다. TV전원을 내리는 거친 소리를 마지막으로 집 안은 숨죽인 듯 조용해졌다. 자신의 숨소리 외에 아무것도 들리지 않는 집 안에서 정우는 진짜로 혼자가 되었다는 걸 깨달았다. 오히려 그 사실이 조금이나마 마음을 편하게 해 주었다. 그는 비틀거리며 의자에 주저앉았다. 식탁 위에는 빨간 딱지를 가리고 있는 소주병이 놓여 있었다.

'그래, 이것이 있으니 다른 건 필요가 없군.'

정우는 입술을 비틀며 자조적으로 쓴웃음을 흘렸다. 그렇게 빨간 딱지가 가득한 집에서 정우는 오로지 소주만 먹었다. 캄보디아에서 귀국한 날 마신 소주 세 병은 날이 갈수록 늘어 갔다. 정우는 씻지도 않았다. 나가지 않으니 씻을 이유가 없었다. TV도 보지 않았고 전화도 받지 않았다. 언제부턴가 쥐죽은 듯한 정적만이 가득하던 집 안을 전화벨 소리가 뒤흔들었다. 그는 전혀 신경 쓰지 않았다. 오로지 소주를 들이켜고 또 들이켰다.

그렇게 여느 날처럼 그가 소주에 취해 책상 위에 널브러져 있을 때 현관 벨이 요란하게 울렸다. 그는 응답하지 않았다. 가만히 있으면 곧 가 버리겠거니 생각하고 있었다. 하지만 상대는 포기하지 않았다. 문이 몇 번 거세게 흔들리더니 이내 열쇠로 문을 따는 소리가 들렸다.

"아버지!"

며칠째 그 어떤 소리에도 반응하지 않고 소주만 마시던 정우였지만 그 소리에는 반응하지 않을 수 없었다. 그는 고개를 돌렸다. 한 손엔 검은 봉투를 들고 땀투성이가 된 얼굴에 근심 가득한 눈을 한 형석이 현관에 서 있었다. 형석은 금세라도 울 것 같은 표정으로 달려들어 왔다. 형석은 당황스러운 표정으로 식탁 위를 꽉 채우고 있는 소주병과 술에 취해 몸을 가누지 못하는 아버지의 얼굴을 번갈아 쳐다보더니 입을 열었다.

"아버지, 전화도 받지 않고 큰일 난 줄 알았어요. 그렇게 밥도 안 드시고 술만 드시면 어떡합니까? 아버지 쓰러지시면 엄마도 쓰러지세요. 제발, 이제 정신 좀 차리세요. 그리고 전화 좀 받으시고……. 식사도 좀 하시고요."

정우는 간신히 정신을 차렸다. 자신을 쳐다보는 아들의 표정을 바라보니 심장이 갈기갈기 찢겨 나가는 듯한 기분이 들었다. 아들에게 보여 줄 것이 소주병과 취한 모습뿐이라는 사실이 그를 괴롭혔다. 하지만 알면서도 아무것도 할 수 없다는 사실이 그를 더욱 힘들게 했다. 그는 어지러운 머리를 부여잡고 짐짓 문제없는 것처럼 입을 열었다.

"후……, 알았다. 형석아, 좀 지나면 괜찮을 거다. 네 엄마한테도 그리 전해라."

"아버지, 라면 끓였으니까 이거라도 좀 드세요."

순간 아들이 들고 있던 검은 봉투가 생각났다. 아버지가 밥도 제대로 못 먹고 있다는 걸 이미 알고 있었을까 싶어 가슴이 미어졌다. 식탁 위에는 모락모락 하얀 김이 피어오르는 라면과 냉장고에 있던 백김치가 놓여 있었다. 아들이 아버지를 위해 처음 차린 밥상이었다. 정우는 먹지 않을 수가 없었다. 아들놈이 아비가 죽을까 봐 걱정되어 차린 밥상을 어찌 외면할까 싶었다.

정우는 형석이 보는 앞에서 라면을 먹기 시작했다. 위가 쪼그라들었는지 다 먹을 수가 없었다. 반 이상 남겼지만 그래도 형석이의 마음이 조금은 안심이 되었을 거라 생각했다. 라면의 뜨끈한 국물이 뱃속에 들어가니 몸에 온기가 돌았다. 그리고 가슴의 통증도 조금은 가라앉았다.

"라면 하나가 나를 위로해 주는구나. 허허."

정우는 헛웃음을 지었다. 형석의 표정도 조금은 밝아진 듯했다. 형석은 집을 나서면서도 계속 정우의 밥을 걱정하고 떠났다. 다시 정우는 혼자가 되었다. 속이 좋지 않았다. 변기통에 형석이 끓여 준 라면을 다 게워냈다. 갑자기 매운 라면을 먹었더니 속이 계속 따가웠다. 한동안 화장실 바닥에 쭈그려 앉아 있다가 일어섰다. 현기증에 몸이 휘청거려 벽에 손을 짚었다. 거울에 낯선 노인이 보였다. 염색한 머리에서는 흰머리가 올라와 검은 머리와 기묘하게 섞여 있었다. 얼굴은 주름이 더 늘었고 수염은 엉겨 붙은 상태로 웃자라 사극에서 보던 유배자의 모습을 하고 있었다.

"이 사람은 누구지. 내가 언제 이렇게 늙어버렸지……. 이대로 죽는 건가?"

60살이라고 하면 사람들이 깜짝 놀랄 만큼 동안의 얼굴을 간직하던 정우였다. 늙고 추한 자신의 모습을 보면서 정우는 문득 집을 나가고 싶었다. 죽더라도 여기서 죽으면 안 되겠다는 생각이 들었기 때문이다. 자신이 여기서 죽으면 경매로 넘어간 집값이 더 떨어져 숙희와 형석이 더 많은 빚을 질 거였다. 끔찍한 생각이지만 정우는 그게 배려라고 생각했다.

정우는 옷장을 열고 지금 처지에 맞는 옷을 찾고 또 찾았지만 그런 옷은 없었다. 그나마 가장 허름하다 싶은 옷을 골라 입고 집을 나섰다. 길을 가던 사람들이 힐끗힐끗 쳐다보는 것이 느껴졌다. 산발한 머리와 아무렇게나 방치한 수염은 고급스런 골프웨어와는 어울리지 않았다. 목적 없이 걷고 또 걸었다. 정우는 반포대교를 건너서 이태원을 지나 해방촌으로 걸어갔다. 서울대학교가 혜화동에 있던 시절 동식과 자취를 하던 곳이었다.

"야, 너 저기 가 봤냐? 딱 봐도 집값이 싸 보인다. 그치? 한번 가 볼래?"

"그래, 가 보자!"

해방촌에 들어서자 정우는 자연스럽게 추억에 젖기 시작했다. 당시 해방촌은 집값이 가장 싸서 가난한 대학생들의 보금자리였다. 정우와 동식은 수업이 끝나고 여유가 좀 나면 해방촌 곳곳을 수소문해 다니며 젊음을 즐기곤 했다. 그때 같이 돌아다니던 장소들이 거짓말같이 머릿속에 재생되면서 그 시절로 돌아온 듯한 느낌에 정우는 자신도 모르게 주변을 훑었다. 30년이 훌쩍 지났지만 해방촌은 거짓말처럼 바뀐 게 없었다. 가파른 오르막을 올라가는데 숨이 거칠어졌다. 대학생 시절에는 누가 먼저 올라가나 경쟁까지 해 가면서 뛰어오르던 오르막이라는 생각이 들어 헛웃음이 나왔다. 간신히 오르막을 다 올라왔지만 현기증이 나서 그는 부동산 가게 앞에 앉았다.

"할아버지, 여기 앉으면 어떡해요. 손님 떨어지게……."

부동산 여사장은 불쾌한 표정을 숨기지 않으며 정우의 갈 길을 재촉했다. 정우는 힘이 빠져버린 몸을 간신히 추슬러 세우며 다시 일어나 걸었다. 해방촌 언덕을 지나고 내리막이 시작되었다. 올라가는 길보다 내려가는 길은 더 힘들었다. 정우는 지금 상황이 자신의 인생과 같다는 생각이 들었다. 한 번의 실패 없이 승승장구한 인생이었는데 말년에 롤러코스터처럼 한순간에 나락으로 떨어진 내 인생. 내려가는 길에 정우는 시린 무릎과 발목이 원망스러웠다. 숙대입구역에 도착한 정우는 삼각지로 갈까 서울역으로 갈까 하고 잠시 고민을 하다가 서울역으로 방향을 잡았다.

서울역 가는 길의 풍경도 대학생 시절과 크게 달라진 건 없었다. 서울역 광장에는 쉴 새 없이 사람들이 오가고 있었다. 6월의 햇볕은 광장에 아지랑이를 피워냈다. 그래도 정우는 몸이 오슬오슬했다. 햇볕이 잘 들어오는 곳을 두리번거렸더니 그곳에 한 무리의 사람들이 있었다. 서울역 노숙자. 자신의 산발한 머리와 아무렇게나 자란 수염은 그들과 동질감을 느끼게 했다. IMF 이후 노숙자가 늘었다고 하더니 사실이었다. 정장을 입고 있는 사람도 눈에 띄었다. 정우는 '나보다 급한 사람도 있었구만. 그래도 나는 옷은 갈아입고 왔는데'라고 생각했다. 정우는 평소에 서울역을 지나칠 때면 무심코 혀를 쯧쯧 찼었다.

"세상에 할 일이 얼마나 많은데…… 불쌍한 사람들……."

정우는 그때 자신이 말한 불쌍한 사람이 되었다. 집을 나서면서 서울역을 목적지로 한 것은 아니었지만 가파른 해방촌을 내려오면서 갈 곳이 없다는 것과 더 이상 걸을 힘이 없다는 것을 깨달았다. 그나마 가까운 거리에 서울역이 있다는 사실에 대해 정우는 안도했다. 노숙자들은 새로운 경쟁자가 또 한 명 늘었다는 사실에 대해 얼굴을 찌푸렸지만 그나마 백발성성한 노인네라는 것에 안심했다.

그곳은 노숙자들의 치열한 생존터였다. 낮에는 햇볕이 잘 들어오고, 밤에는 비바람을 막아 주는 명당자리는 젊고 힘 있는 사람들이 차지하고 있었다. 정우는 역 광장 매점에서 담배와 소주를 샀다. 정우는 햇볕이 잘 드는 한적한 곳을 찾아 헤매었다. 그러나 그런 곳은 이미 다른 사람들이 다 차지하고 있었다. 어쩔 수 없이 정우는 그늘진 곳에 앉았다. 해가 지면서 추위가 엄습해 왔지만 그냥 그곳에 눌러앉았다.

소주를 병나발로 마셔대니 여기저기서 사람들이 모였다. 정우는 그 사람들에게 소주를 내주고 다시 소주를 사왔지만 한 모금 마시고 또 빼앗겨 버렸다. 소주 먹기를 포기한 정우는 종이박스를 깔고 누웠다. 아스팔트의 한기는 정우의 몸을 오그라지게 했다. 집에서는 아침이 오지 않기를 바랐지만 서울역에서는 아침을 애타게 기다렸다. 그렇게 아침이 오고 햇볕이 다시 서울역 광장에 아지랑이를 피워 올렸다. 정우는 숙대입구역 방향으로 걸어 내려가 편의점에서 소주를 샀다. 그리고 길가에 아무렇게나 앉아 소주를 들이컸다. 두 병을 비우고 다시 서울역 광장으로 갔다. 서서히 그곳에 적응을 하고 있었다. 광장의 시계탑은 11시 50분을 가리키고 있었다. 무슨 일인지 노숙자들이 줄을 쭉 서 있었다. 노숙자들에게 점심을 주는 모양이었다. 아침부터 취한 정우는 몹시 허기가 느껴져 줄을 섰다. 정우는 거의 맨 끝에 줄을 섰다. 줄은 빠르게 줄어들고 있었는데 갑자기 앞 사람들이 괴성을 지르며 욕을 하기 시작했다.

"야! 씨발년아, 나는 왜 안 줘. 왜 안 주냐고! 밥 줘. 나도 밥 달라고! 개 같은 새끼들아!"

밥줄이 끊긴 탓이다. 그날 정우는 굶었다. 준비해 온 밥보다 사람이 많았던 것이다. 정우는 해 지기 전에 잠을 보충해야겠다는 생각에 종이박스를 구해 길에 드러누웠다. 밤에는 추워서 잠이 오지 않았기 때문이었다. 역시 햇볕은 좋은 이불이었다. 정우는 햇볕을 덮고 오랜만에 깊은 잠을 잤다. 정우의 일과는 단순했다. 해 뜰 무렵 편의점을 찾아 소주를 마시고 햇볕을 이불 삼아 낮잠을 잤다. 점심은 자원봉사자들이 주는 밥으로 해결했고 밤에는 길 잃은 고양이처럼 웅크리고 있었다. 뜨거운 열기에 가로수들도 지쳤는지 노랗게 변하고 있었다.

보름만 있으면 시월이었다. 정우는 용케 살아 있었다. 그새 머리카락은 염색한 검은 머리를 완전히 밀어 올려 백발이 되어 있었고 수염도 더 길었다. 신기한 것은 가슴에 묵직하게 자리 잡아 날카롭게 정우를 찔러 대던 통증이 사라졌다는 것이다. 정우는 서울역에서 여름을 지내는 동안 아무 생각 없이 소주만 먹었다. 돈이 다 떨어지고 나서는 신참들에게 이곳 생활의 노하우를 알려 주면서 소주를 얻어 마셨다. 정우는 이제 누가 보아도 노숙자였다. 그렇게 어느새 시월이 왔다. 그날도 정우는 낮술을 얻어먹고 잠이 들었다. 일어나니 오후 3시였다.

"오늘이 며칠인가?"

지나가는 아줌마에게 날짜를 물어보니 10월 5일이라고 했다. 정우의 생일이었다. 노숙자 생활을 시작한 지 겨우 넉 달이 흘렀을 뿐인데 생일이라는 단어 자체가 낯설어서 견딜 수 없었다. 그런 날이 있다는 걸 처음 알게 된 것 같은 기분이 들어 멍하니 하늘을 보고 있자니 갑자기 어머니 생각이 났다.

"정우야, 빨리 짐 들고 나가거라. 소리 내면 안 된다."
"어머님……."

정우의 집은 대구에서 대대손손 알아주는 큰 부자였다. 하지만 일제 강점기 때 할아버지가 독립군 군자금을 대다가 동네 사람의 밀고로 집안이 쑥대밭이 되었다. 어머니와 정우, 동생만 살아남아 봉화의 깊숙한 산속으로 도망을 쳤다.

"정우야, 할아버지께서는 독립군이셨단다. 그분의 명예를 헛되이 해서는 안 된다."

정우는 항상 어머니가 입버릇처럼 당부했던 말씀을 잊을 수 없었다. 학교에 들어간 정우는 어머니의 말씀을 되뇌며 노력했고 남달리 영민했던 정우를 알아본 선생님들이 정성을 쏟으면서 어머니가 원하던 경기고와 서울대에 들어갈 수 있었다. 이후 학교를 졸업하고 쉘에서 돈을 벌기 시작하면서 정우는 집안

을 다시 일으켰다. 그러나 이제는 자신이 경멸하던 노숙자가
되어 있었다. 정우는 자신의 손바닥을 멍하니 쳐다보다가 팔을
들어 얼굴을 만졌다. 거울이 없어도 자신의 행색이 노숙자의
모습 그 자체라는 건 쉽게 알 수 있었다. 할아버지는 정우의 나
이 때 독립군이었는데 자신은 노숙자라니.

문득 정우는 할아버지의 모습을 떠올렸다. 근엄하면서도 따
뜻함을 잃지 않으셨던 선비의 풍모가 있는 분이었다. 비록 할
아버지가 독립군 활동을 하시다가 발각되어 집안이 풍비박산
이 나기는 했으나 정우는 계속 그분을 존경하고 있었다. 하지
만 자신은?

"나중에 형석의 아들은 나를 어떻게 기억할까?"

거기까지 생각이 미치면서 정우는 심한 부끄러움을 느끼기
시작했다. 노숙자로 지냈던 4개월, 매일같이 소주에 취해 있으
면서 완전히 잊어버렸다고 생각했던 부끄러움의 감정이 생겨
났다. 젊은 노숙자가 욕을 해도, 지나가던 행인들이 불쌍한 눈
빛을 보내도 부끄럽지 않던 정우였다. 강렬한 부끄러움은 정우
의 정신을 번쩍 들게 했다. 정우는 일어났다. 그리고 다시 길을

나섰다.

정우는 걸었다. 서울역에서 숙대 입구역을 지나 해방촌을 넘었다. 그리고 잠수교를 걸어서 다시 한강을 건넜다. 유유히 흐르는 한강을 벗 삼아 자전거를 타는 사람과 산책을 즐기는 사람들이 눈에 들어왔다. 6월에 반포대교를 건널 때는 가슴에 온통 분노와 날카로운 아픔이 가득해 그 풍경이 눈에 들어오지 않았다. 녹음이 지쳐 샛노란 단풍이 든 한강은 아름다웠다.

"시간은 모든 것을 무디게 하는구나."

정우가 스스로에게 하는 말이었다. 다행히 집은 아직 주인을 찾지 못한 듯했다. 현관문에는 형석이 남긴 빛바랜 메모가 있었다.

"아버지! 메모 보시면 바로 전화 주세요. 가족들이 모두 찾고 있어요. 봉화에 있는 삼촌과 숙모까지 올라오셨어요."

봉화의 동생 내외까지 올라와서 정우를 찾고 있었다. 고마웠지만 미안한 마음이 더 컸다. 정우는 가위를 찾아 화장실로 갔다. 5개월 만에 거울을 들여다보았다. 거기에 낯선 노숙자가 있었다. 산발한 머리를 한 움큼씩 쥔 채 싹둑싹둑 잘랐다. 흉하게 자란 수염도 자르고 깨끗이 면도를 했다. 바닥에 떨어진 머리카락과 수염을 보니 이제야 분노와 미련을 내려놓을 수 있었다. 정우는 하얀 비누거품으로 자신의 몸에 있는 새까만 때를 씻어냈다. 그리고 이발소에 가서 염색을 했다. 그제야 비로소 살아 있는 기분이 들었다.

"아이고 형님, 살아 있었네요. 얼마나 찾았는데……, 실종신고까지 냈었어요."
"살아야지, 허허……. 그래. 이제 살아야지."

형석은 경찰서에 전화를 해서 실종신고를 취하했다. 오랜만에 가족들은 삼겹살을 구워 울고 웃으며 그간의 이야기를 풀어냈다. 동생이 소주를 권했지만 정우는 마시지 않았다. 이제 취기에 기대지 않기로 한강을 보며 다짐을 했기 때문이다.

"형님, 이제 형님도 환갑 아니요. 모든 걸 내려놓고 산에 다니며 쉬세요. 그리고 이 집은 어차피 비워줘야 하니까 봉화로 오시든지 그게 싫으시면 큰 집은 안 되더라도 작은 집 전세 정도는 내가 해드릴게요. 봉화 집하고 소도 다 형님 돈으로 산 거 아니요. 그러니까 부담 갖지 마세요."

"그래. 지금은 네 도움을 받아야 할 것 같다. 형편이 나아지면 갚으마. 나는 안산으로 가고 싶다."

"아버지, 안산에는 왜요?"

"대학생일 때 농촌계몽운동을 한 최용신 선생 발자취를 따라서 샘골에 가본 적이 있는데 조용하고 아늑해서 좋더라. 아마 지금은 샘골이 안산 상록수동으로 바뀌었지. 거기로 갔으면 싶다."

상록수동의 집은 작고 낡았지만 아담했다. 그래도 정우와 숙희가 살기에는 넉넉했다. 정우는 TV와 신문을 다시 보기 시작했다. 신문은 3개를 받아 보았다. 오랫동안 로비스트로 살아온 정우에게 '세상 돌아가는 이야기'는 타로카드로 미래의 점을 치는 것과 같았다. 정우는 신문을 보면서 세상이 어떻게 돌아가고 있는지 분석하며 자신의 진로를 탐색하고 있었다.

"현재를 알아야 미래를 점칠 수 있다. 미래를 점친다면 돌파구는 분명히 있다."

분석은 결론을 낳고 결론은 확신을 낳았다. 정우의 머릿속에선 막 외환위기의 아픔을 극복하고 다시 도약하려는 대한민국의 미래전략들이 보였다. 고민은 끝났다.

"여보, 나 학교에 가야겠어. 봄 학기부터 갈 거니까 도시락 좀 부탁해."
"학교는 왜요?"
"안산대학교에 가서 컴퓨터를 배울 거야. 컴퓨터에 새로운 길이 있어. 이제는 그거 모르면 안 되는 세상이 곧 올 거야. 청강할 거니까 학비는 걱정 말고."

그즈음 정부에서는 정보통신부를 만들고 IT 강국으로 도약하기 위한 첫 걸음마를 시작할 때였다. 정우는 본능적으로 직감했다. 컴퓨터를 먼저 알면 먼저 기회가 온다는 것을. 정우는 오랜만에 정장을 꺼내 입고 무작정 안산대학교 총장실로 갔다. 비서에게는 옛날 명함을 내밀고 총장을 만나고 싶다고 말했다.

살면서 가끔은 허세가 필요한 법이다. 비서는 자연스럽게 총장에게 손님이 오셨다고 하면서 정우를 깍듯이 총장실로 안내했다. 자신과 비슷한 나이의 총장은 정우의 이야기를 경청했다.

"선생님 말씀을 들으니 저도 청강을 해야겠다는 생각이 드네요. 하하, 제가 컴퓨터학과장에게 미리 말을 해놓겠습니다. 그리고 불편한 게 있으면 언제든지 찾아오세요."

3월의 첫날. 새벽녘 정우는 눈을 떴다. 3월의 아침은 아직은 쌀쌀했다. 이렇게 일찍 일어나 본 게 몇 년 만인지 기억도 나지 않았다. 숙희 역시 일찍 일어나 있었다. 숙희가 도시락을 준비하고 있는 탓에 집안이 분주했다. 한 손에 도시락을 든 정우는 거울을 쳐다보았다. 거울에 비친 자신의 모습은 영락없는 할아버지였지만 마음만큼은 대학교에 입학한 새내기 특유의 생기가 남아 있었다.

숙희가 챙겨준 도시락과 가방을 메고 정우는 집을 나섰다. 등에 가방을 메고 걸으니 발걸음이 가벼웠다. 옆에 걸어가는 사람들이 보든 말든 아랑곳하지 않고 콧노래를 흥얼거렸다.

"연분홍 치마가 봄바람에 휘날리더라~"

봄꽃이 캠퍼스에 생동하고 있었다. 새 학기가 시작되는 대학교에는 그 옛날 정우의 모습들이 있었다. 학생들의 발랄함과 재잘거림. 그런 학생들을 보는 정우도 생기가 돌았다.

첫날은 오리엔테이션이었다. 교실 안에는 이미 학생들이 꽉 차 있었다. 당연하지만 정우와 비슷한 나이의 학생은 보이지 않았다.

"교수님 오셨다!"

젊은 학생들이 재잘거리고 있는 교실에 정우는 당당하게 들어가 앞자리를 챙겨 앉았다. 비록 머리를 염색했다지만 누가 봐도 60세가 넘은 할아버지인 정우에게 주변 학생들의 눈이 쏠렸다.

"어, 교수님이 아닌가 봐."

입을 가리고 몰래 놀라는 학생들, 뻔히 정우 쪽을 쳐다보면서 수군거리는 학생들도 적잖게 눈에 들어왔다. 하지만 정우는 당당했다. 나이를 먹었다고 세상에서 물러나야 한다고 생각하는 것은 편견에 불과하다는 걸 정우는 알고 있었다. 정우는 자신을 쳐다보며 수군거리는 학생들에게 여유 있게 미소까지 지어 보였다.

수업 시간이 다가오자 교수가 들어왔다. 그는 맨 앞자리에 앉은 할아버지 정우를 보고 잠시 놀라는 듯했으나 이윽고 표정을 되찾고 학생들에게 각자 소개를 부탁했다. 자진해서 일어서는 학생은 없었다. 딴 짓을 하거나 머뭇거리면서 교수 쪽을 바라보기만 하는 학생들이 대부분이었다. 교실을 한 번 쭉 둘러본 교수가 학생을 한 명 지목하려고 할 때, 벌떡 일어나는 사람이 있었다. 정우였다. 당당하게 일어선 할아버지 학생에게 주변의 시선이 한 번에 쏠렸다. 떨릴 만도 하지만 정우는 활기찬 모습으로 밝은 미소를 잃지 않은 채 소개를 시작했다.

"라정우입니다. 여러분은 이제 환갑의 동기를 두게 되었네요. 그러나 배움에는 나이가 없다고 합니다. 앞으로 저를 형님, 오빠로 불러 주시면 고맙겠습니다."

박수 소리가 들렸다. 장난스러움과 즐거움이 가득 찬 환호와 웃음소리가 섞여 교실 안을 가득 메웠다. 정우의 작은 용기가 동기들에게 자신감을 불어넣었는지 교실 곳곳에 번쩍번쩍 손이 들렸다. 학생들은 잠깐 동안 정우와 교수를 번갈아 쳐다보다가 자기소개를 하기 시작했다. 떠듬떠듬 말하는 이도 있었고 말의 물꼬가 한 번 트이자 유창하게 자기 자신을 이야기하면서 제스처까지 지어 보이는 학생도 있었다. 그렇게 첫 오리엔테이션 시간은 지나갔다. 그 이후 정우에게 자연스럽게 형님이라고 하는 친구도 있었고 호칭이 부끄러운지 부르지 않는 친구도 있었다. 그러나 봄꽃이 다 져갈 때에 정우와 동기들은 스스럼없는 사이가 되었다.

정우는 열심히 청강을 했다. 스스로 결정한 길이었기에 더욱 의욕이 넘쳤다. 하지만 이제까지 한 번도 접해보지 않았던 컴퓨터는 결코 만만치 않은 배움의 길이기도 했다. 끊임없이 집중해서 강의를 들어도 복습하지 않으면 금세 잊어버린다는 사실을 정우는 깨달았다. 이제까지도 열심히 해왔지만 더욱 노력을 해야겠다는 다짐을 했다.

결국 정우는 두 개의 도시락을 싸들고 다니기 시작했다. 야간반까지 청강을 한 것이다. 컴퓨터가 익숙하지 않았던 정우는 주간반에서 배운 내용을 야간반에서 복습을 했다. 그렇게 하니 몸은 고달팠지만 조금 더 빨리 컴퓨터를 이해할 수 있었고 무엇보다 실습이 수월해졌다. 공부의 양이 늘고 노하우가 생기자 그의 컴퓨터 습득 속도는 비약적으로 빨라지기 시작했다. 정우는 컴퓨터의 원리와 언어 그리고 활용을 배웠고, 2학년부터는 영상 촬영과 편집까지 배우면서 컴퓨터에 점점 몰입했다. 어느새 동기들은 어려운 문제를 정우에게 물어보며 해결하고 있었다.

"형님은 어떻게 교수님보다 더 잘 가르쳐요. 교수님이 긴장 좀 하셔야 되겠네. 하하."

정우는 2년 동안 하루도 빠짐없이 주야간 수업을 모두 청강했다. 정우는 청강생이었지만 총장의 배려로 다른 학생들과 마찬가지로 과제도 제출하고 시험도 똑같이 보았다. 단지 학비만 내지 않을 뿐이었다. 최우등 졸업생은 정우가 되었다. 졸업식에서 정우는 졸업생 대표로 축사를 했다.

"저는 얼마 전까지 서울역에서 노숙자로 지냈습니다. IMF가 터지면서 전 재산을 투자한 사업이 순식간에 망했죠. 그때가 제 나이 환갑이었습니다. 저는 새롭게 시작하는 길을 택하기보다 노숙자의 길을 택해 노숙자가 되었지요. 그렇게 제 인생은 노숙자로 마감하는 듯했습니다. 여름이 지나고 서울역 가로수에 단풍이 서서히 들던 어느 날 날짜를 따져보니 그날이 제 생일이었습니다. 저를 유난히 귀여워해주던 할아버지 생각이 났습니다. 제 할아버지는 독립운동가였는데 저는 손자에게 어떤 할아버지로 기억될까? 그 생각을 하다가 정신이 번쩍 들었습니다. 그리고 저는 다시 배움의 길, 즉 학생이 되기로 하고 여기 계신 총장님을 무작정 찾아왔지요. 그랬더니 새로운 길이 열렸습니다.

사랑하는 동기들아! 너희들도 남들이 가지 않는 미지의 길로 걸어가 너희들의 꿈을 찾길 바란다! 마지막으로 제가 가장 좋아하는 로버트 프로스트의 시 '가지 않은 길'을 읊으며 축사를 마치겠습니다."

가지 않은 길

단풍 든 숲 속에 두 갈래 길이 있었습니다.

나는 두 길을 다 가지 못하는 것을 안타깝게 생각하면서,

오랫동안 서서 한 길이 굽어 꺾여 내려간 데까지,

바라다볼 수 있는 데까지 멀리 바라다보았습니다.

그리고 하나의 길을 택했습니다.

그 길에는 풀이 더 있고 사람이 걸은 자취가 적어,

아마 더 걸어야 될 길이라고 나는 생각했었지요.

그 길을 걸으므로, 그 길도 거의 같아질 것이지만.

그날 아침 두 길에는

낙엽을 밟은 자취는 없었습니다.

아! 나는 다음 날을 위하여 한 길은 남겨 두었습니다.

길은 길에 연하여 끝없으므로

내가 다시 돌아올 것을 의심하면서…….

훗날에 훗날에 나는 어디선가

한숨을 쉬며 이야기할 것입니다.

숲 속에 두 갈래 길이 있었다고,

나는 사람이 적게 간 길을 택하였다고,

그리고 그것 때문에 모든 것이 달라졌다고.

축사가 끝나고 기립박수가 이어졌다. 저만치에서 숙희는 손수건으로 연신 눈물을 훔치고 있었다. 기쁘나 슬프나 늘 우는 숙희였다. 그리고 그 옆에는 형석과 며느리, 그리고 얼마 전에 태어난 사랑스런 손자 녀석이 보였다.

컴퓨터 선생이
되다

졸업 작품으로 정우는 디지털 자서전을 제출했다. 돌 사진부터 최근까지의 사진을 카메라로 다시 찍고 영상 편집기에서 사진을 이어 붙여 동영상을 만들었다. 그리고 사진에 맞는 글을 달아 30분 분량의 자서전 영상을 만들었다. 교수는 당장 사업화해도 좋은 아이템이라며 칭찬했다.

"형님, 이참에 벤처창업을 해보는 건 어떻습니까? 디지털 자서전과 돌잔치 영상을 같이 만들면 수요가 좀 되지 않겠어요?"

평소에 정우를 잘 따르던 현우는 머리 회전이 빠른 친구였다. 그새 몇 명을 모아 정우에게 또다시 창업을 제안했다. 솔깃

한 제안이었지만 정우는 신중했다. 캄보디아에서 추진했던 사업이 떠올랐다. 오랫동안 철저한 계산하에 수많은 협조자들과 함께하는 사업도 상황에 따라 완전히 주저앉아 버리는 경우가 많았다. 아무리 작은 사업이라고 해도 신중한 고민 없이 뛰어드는 일은 지극히 위험한 일이라는 것을 정우는 체험으로 알고 있었던 것이다. 여러모로 조사를 해 본 결과 어느 정도의 수요는 나올 수 있다는 결론이 나왔다. 동영상 자서전과 돌잔치의 결합은 당시 거의 시도되지 않았던 것으로 블루오션이라 할만했다. 또한 멀티미디어 산업에 대한 관심이 조금씩 싹트고 있던 당시의 상황에도 적합했다.

"하지만 문제가 있어. 분명히 한계에 부딪칠 수밖에 없을 것 같아."

문제는 돈이었다. 아직 대학생이었던 현우는 이 사업으로 일확천금을 생각하고 있는 듯했다. 좋은 아이템이 있으니 사업화시키기만 하면 문제없이 큰돈을 벌지 않겠느냐 하는, 어찌 보면 참으로 순진한 생각이었다. 하지만 정우는 생각이 달랐다. 그 아이템으로 사업화와 수요 창출은 가능할지언정 시장규모의 한계 등으로 큰돈은 벌기 어려울 것이라는 결론을 내렸다. 하지만 정우는 포기하진 않았다. 비록 큰돈을 버는 것은 어렵다고 해도 어린 동기들에게 경험을 선물하고 싶었다. 정우는 위험 부담을 최대한 줄이면서 아이템을 활용하여 창업할 수 있는 방법을 궁리하다가 벤처창업을 생각하게 되었다.

그때 김대중 정부는 벤처창업을 장려하고 있었다. 여러 사업을 경험했던 정우는 벤처창업 계획서를 작성해 창업진흥원에 제출했고 창업자금 3천만 원을 지원받았다. 상록수동 근처에 허름한 사무실을 구하면서 사업이 시작되었다. 웹디자인을 배운 정우와 동기들은 홈페이지를 세련되게 만들었지만 당시에 인터넷 포털이 초기 단계여서 홍보가 원활하지 않았다. 텅 빈 사무실 안에서 정우와 동기들은 홈페이지를 쳐다보고 전화를 기다렸으나 전화기는 쉽사리 울리지 않았다. 현우는 자신이 생각하던 결과가 나오지 않자 조금은 볼멘 눈치였다.

"형님, 홈페이지를 만들었는데 왜 손님이 오지 않는 걸까요?"
"홈페이지를 검색해서 들어오는 게 힘든 것 같아."

정우는 '아뿔싸' 하는 생각이 들었다. 홈페이지를 멋지게 만들어도 검색이 되지 않으면 소용이 없는 것이었다. 아기 돌잔치를 인터넷에서 검색하는 사람도 생각보다 많지 않았으니 홈페이지가 알려지지 않는 건 당연하겠다는 생각이 머리를 스쳤다. 그는 전략을 바꾸었다.

"현우야, 우선 홍보 전단지를 만들자. 그리고 서울, 인천 등 수도권 도시에서 돌잔치를 주로 하는 예식장과 뷔페식당 영업 담당자를 만나 보자. 아마 한 건당 20% 정도의 인센티브를 제시하면 반응이 올 거야."

"20%는 너무 크지 않나요?"

"지금으로선 최선의 방법인 것 같다."

"좋은 생각입니다, 형님. 그렇게라도 안 하면 곧 문 닫겠어요."

둘은 홍보 전단지를 찍어낸 후 한 뭉텅이씩 들고 영업을 나섰다. 홈페이지만 믿고 있다가는 곧 망할 것 같았다. 미리 조사해 놓은 돌잔치 전문 예식장과 뷔페식당을 돌며 전단지를 건네고 영업 담당자와의 면접을 부탁했다. 결코 쉬운 일은 아니었다. 처음 보는 업체를 탐탁지 않게 생각해 문전박대하는 곳도 많았다. 낙심할 일도 많았지만 둘은 포기하지 않고 뛰어다녔다. 노력을 다하자 조금씩 성과가 보이기 시작했다.

홍미로운 아이템에 관심을 보이는 담당자들이 생겨났다. 이들의 관심을 계약으로 연결하기 위해 그들은 20% 인센티브를 강조하며 대화를 이끌었다. 다행히 전략은 성공하여 영업 담당자들이 20% 인센티브에 반응을 보이기 시작했다. 그들은 아기 엄마들이 돌잔치 예약을 할 때 돌잔치 영상을 패키지 상품으로 넣는 방향으로 전략을 잡았다. 조금씩 주문이 오기 시작했다.

"우리 아기 영상이 이렇게 나오는 게 너무 예쁘네요. 친구들에게 자랑해도 될 것 같아요!"

"사진만 찍으면 심심한데 음악도 나오고, 예쁜 글귀도 나오니까 좋은 것 같아요."

그때만 하더라도 돌잔치에서 영상을 보여주는 문화는 아니었기에 이 사업은 블루오션인 동시에 어느 정도 위험을 안고 시작하는 사업이기도 했다. 하지만 간신히 몇몇 돌잔치 전문 식당과 계약을 맺고 영상을 제공한 결과 반응은 폭발적이었다. 막 생겨나기 시작한 맘카페를 통한 입소문은 강력한 힘을 지니고 있었다. 아기 엄마들에게 입소문이 나기 시작하면서 갑작스럽게 주문이 몰려들었다. 정우는 놀랐다. 이 정도의 인기와 매출은 예상을 못한 상황이었다.

그러나 주머니에 돈이 들어오면서 오히려 사업은 삐걱거리기 시작했다. 돈을 벌기 시작하면서 현우와 친구들은 서서히 변해갔다. 주점에 가는 일이 잦아지더니 번 돈을 그때그때 다 써버렸다. 그리고 출근도 마음대로였다. 갓 대학을 졸업한 현우와 친구들은 자만감과 달콤한 돈의 맛에 취해 있었다. 하지만 거기에 만족해서는 안 된다는 것을 정우는 반평생의 비즈니스 경험으로 인식하고 있었다. 제시간에 출근하지 못하는 일이 잦아지면서 일거리가 밀리기 시작했다. 납기 약속이 무엇보다 중요한 일이었기에 정우는 걱정이 많았다.

"현우야, 지금 납기 넘긴 것도 6건이나 되는데…… 술은 마시더라도 출근은 제때 해야지."

"아휴, 형님. 그거 제가 금방 해 놓을게요. 너무 걱정하지 마세요."

결국 우려하던 일이 터지고 말았다. 돌잔치 영상 두 건이 납기를 넘겨 계약업체의 클레임을 받게 된 것이다. 결국 정우와 현우는 환불과 함께 변상을 해주었다. 크지 않은 사무실이었던 만큼 단 두 건의 손해라고 해도 그 손실은 컸다. 그 일이 터지면서 현우와 다른 친구들 사이에 한바탕 싸움이 일어났고 정우는 그것을 말리고 싶었지만 역부족이었다. 결국 두 명이 관두었다. 그날 정우는 현우를 포장마차로 불렀다.

"사업이라는 게 그래. 사공이 많으면 배가 산으로 가듯이 동업자가 많으면 싸우게 되어 있어. 이제 현우 네가 잘 이끌어 가 봐. 나는 처음부터 조금 도와주고 빠지려고 했었어. 돈 좀 벌었다고 초심을 잃으면 나중에는 돈은 물론이고 사람도 잃는 법이지. 내 경험이야. 아이템은 괜찮으니까 다시 처음처럼 열정을 갖고 시작해봐."

정우는 그동안 자신이 번 돈을 모두 현우에게 주고 홀가분한 마음으로 그곳을 떠났다. 처음부터 큰돈을 벌겠다는 생각으로 시작한 사업이 아니었기에 큰 미련을 갖지 않았다. 비록 씁쓸한 경험을 하기는 했지만 젊은 현우와 동기들에게는 그 역시 큰 경험이 되었을 거라는 생각이 들었다.

정우는 다음 날부터 동네를 산책하기 시작했다. 학교 다니며 공부한다고 여유를 갖고 동네 한번 제대로 돌아보지 못한 정우였다. 집을 나서니 상록수동 복지관이 개관한다는 플래카드가 걸려 있었다. 복지관이 어딘가 궁금해서 정우는 그곳을 찾아갔다. 공사가 마무리되고 마지막으로 건물 청소를 하는 듯 보였다. 건물 앞에는 수녀님이 청소하는 사람들과 대화를 하고 있었다.

"혹시 천주교에서 운영하는 복지관인가요?"
"네, 어떻게 아셨어요? 아…… 제가 있어서 눈치채셨나 보네요. 선생님 말씀대로 이곳은 천주교단에서 운영하는 복지관이고 제가 관장입니다. 여기에는 도서관도 있고 노래교실 같은 평생학습프로그램도 운영할 거니까 자주 오세요."

그 말을 듣자마자 정우는 컴퓨터 교실을 떠올렸다. 자신은 대학교 청강을 2년 동안 하면서 컴퓨터를 배워 왔지만 자신과는 달리 대다수의 노인들은 컴퓨터를 젊은 사람들이나 만질 수 있는 물건 취급한다는 것을 떠올린 것이다. 노인들의 복지를 위해서는 여러 교육 중에서도 컴퓨터 교육이 으뜸이라고 정우는 확신했다. 정우의 머릿속에 노인 컴퓨터 교육과 그에 관한 실현방안이 구체적으로 자리 잡았다.

"아! 좋네요. 그러면 컴퓨터 교실도 운영해 보면 좋을 것 같네요. 요즘 컴퓨터가 대세 아닙니까? 허허……."
"좋지요. 며칠 전에 용산 복지관에 다녀왔는데 거기는 컴퓨터 교실을 운영하더라고요. 여기서도 해보고 싶은데 강사 구하기가 만만치 않아서요."

정우와 수녀님은 복지관의 노인 컴퓨터 교실에 대해서 많은 이야기를 나누었다. 수녀님 역시 컴퓨터 교육이 평생학습으로서 노인 복지에 큰 도움이 될 것이라는 정우의 생각에 깊이 찬성하고 있었다. 이때다 싶어 그는 조심스럽게 자신을 소개했다. 수녀님은 기뻐하며 노인 컴퓨터 교실 개설을 하면 강사를 맡아 달라고 부탁을 했다. 엊그제 현우에게 회사를 맡기고 다시 야인이 된 정우에게는 반가운 일이었다. 정우는 바빠졌다. 수녀님은 컴퓨터 기종 선정과 학습 프로그램 계획을 정우에게 맡겼다.

정우는 며칠 동안 여러 컴퓨터 판매 업체들을 뒤지며 노인들의 컴퓨터 교육에 적합한 기종을 대량 구매하기 위해 뛰어다녔다. 다행히 어렵지 않게 컴퓨터를 구매할 수 있었으나 학습 프로그램 계획을 하는 것도 큰일이었다. 컴퓨터 학습에 관한 책들은 많이 있지만 젊은 사람들의 컴퓨터 학습에 맞춰진 프로그램으로는 노인 교육을 할 수 없다고 생각했다. 노인들에게 어울리는 학습 프로그램, 노인들에게 필요한 컴퓨터 사용법 강의를 위해 정우는 고민했다. 하지만 이것들이 해결 단계에 이른 후에도 정우를 힘들게 하는 과제가 있었다. 복지관의 직원들을 설득하는 일이었다.

"6개월 과정이면 되겠습니까?"

"안 됩니다. 수박 겉핥기만 하는 수준으로 배워 봤자 무슨 의미가 있겠습니까? 최소한 일 년 이상의 기간이 필요합니다."

복지관 직원들은 6개월 과정을 원했지만 정우는 일 년 정도는 해야 제대로 배울 수 있다고 설득했다. 직원들의 반발이 예상외로 거세서 힘든 과정이었다. 수녀님의 전폭적인 지지와 도움이 없었다면 뚫기 어려운 벽이었을지도 모른다. 그렇게 상록수동 복지관에서는 일 년 과정의 노인 컴퓨터 교실이 열렸다.

첫 수업

　9시 30분. 수업은 10시에 시작이지만 아현은 흥분된 마음으로 30분 일찍 교실에 왔다.

　"선생님은 어떤 분일까? 컴퓨터를 켜 본 적도 없는 내가 잘 배울 수 있을까? 이것도 모르냐는 핀잔을 듣고 창피를 당하면 어떡하지? 초등학교도 나오지 않은 나를 무시하지는 않을까? 오늘 해보고 어려우면 관두지 뭐."

　이런저런 생각에 흥분된 마음은 걱정으로 바뀌기 시작했다. 아현은 남편과 사별하고 3년 동안 거의 집에만 있었다. 금슬이 좋아 잉꼬부부로 주위 사람들에게 부러움을 사던 아현의 삶은 행복했었다. 그러나 갑작스럽게 찾아온 남편의 죽음은 아현에게 커다란 상실의 아픔을 주었다.

부부가 공유하던 일상의 소소한 삶은 사라졌다. 시간이 지나면 괜찮을 줄 알았지만 사별의 상처는 아물지 않았다. 남편이 죽고 집에 홀로 남겨진 아현은 자연스럽게 말문을 닫았다. 남편을 중심으로 이루어지던 아현의 삶은 남편이 죽고서 무의미하고 공허해졌다. 아현은 말로만 듣던 우울한 독거노인이 되어 갔다. 결혼하면서 서울로 독립을 한 명진은 그런 어머니를 이해하기 힘들었다. 그러나 어느 날 뉴스에서 '노인 우울증의 가장 큰 원인이 배우자의 사별'이라는 말을 듣고 그런 어머니를 조금씩 헤아리기 시작했다. 명진은 거의 반년에 한 번 안산에 내려가 어머니를 찾아뵈었다. 갈수록 말라 가는 어머니를 보며 명진은 이러다 어머니마저 잃을 수 있겠다는 생각이 들었다.

"어머니, 3년이 지났어요. 이제 잊을 때도 됐잖아요. 이러다 큰일 나겠어요. 후……. 제가 수영장 끊어 놓았으니까 운동도 좀 하시면서 친구도 사귀어 보세요. 이거 환불도 안 되니까 꼭 가셔야 돼요."

"넌 나한테 물어보지도 않고……."

아현은 남편을 잃은 지 3년 만에 수영으로 홀로서기를 시작했다. 내키지는 않았지만 명진의 걱정을 덜어 주고 싶었다. 그리고 이제는 홀로 서야 할 때임을 자신도 알고 있었다. 그러나 수영은 배워도 늘지 않았고 무엇보다 다른 사람에게 수영복을 입은 자신의 몸매를 드러내는 게 부끄러웠다. 아현의 수영은 6개월 만에 끝났다. 이제는 무얼 해볼까 고민하던 아현은 마침 집 옆에 들어서는 복지관에서 노인 컴퓨터 교실을 연다는 소식을 슈퍼마켓 아줌마에게 듣고 용기를 내어 신청을 했다. 태연한 척 앉아 첫 수업을 기다리고 있지만 아현의 가슴은 콩닥콩닥 뛰고 있었다.

"안녕하세요. 라정우입니다. 우리 손자가 요즘에 저한테 하는 배꼽인사로 첫인사를 드립니다."

27명의 노인 학생들은 그 모습에 깔깔거리며 웃었다. 아현도 어색하게 웃으며 '참 오랜만에 웃는구나.'라는 생각을 했다. 뒤에서 누군가의 수군거림이 들렸다.

"그런데 선생님이 왜 저렇게 늙었니? 나보다 더 늙은 것 같은데…… 저런 할아버지가 어떻게 컴퓨터를 가르친다는 거야."

아현도 자신보다 늙어 보이는 선생님이 영 미덥지 않았고 다른 사람들도 그런 눈치였다. 슬슬 여기에 온 것이 후회가 되기 시작했다. 선생님도 학생들의 그런 우려를 눈치챘나 보다.

"선생이 좀 늙었죠. 그런데 여러분! 젊은 사람이 여러분들 가르치면 못 쫓아가요. 왜냐? 젊은이들은 노인을 잘 모르거든. 따라오든 말든 그냥 진도만 쭉 뺀다고. 일 년 배워도 손자한테 메일 하나 못 보내요. 근데 저는 어때요? 제가 여러분과 같은 노인이잖아요. 노인이 노인을 가장 잘 아는 거 아니겠어요. 그러니까 저만 믿고 잘 따라오시면 일 년 뒤에는 컴맹에서 탈출하는 겁니다."

정우의 말에 아현과 학생들은 고개를 끄덕였다. 정우는 알고 있었다. 컴퓨터는 젊은이들이 잘 알 것이라는 편견으로 학생들이 늙은 선생님을 보면 고개를 갸우뚱할 거라 생각했다. 어디서나 첫인상이 중요한 법. 정우는 고개를 끄덕이는 학생들을 보며 자신의 생각이 옳았음을 느꼈다.

"선생님, 근데 메일이 뭐예요?"

"컴퓨터로 쓰는 편지입니다. 요즘 아이들은 손 편지 안 써요. 컴퓨터로 인터넷에 접속해서 편지를 보내죠."

"컴퓨터로 어떻게 편지를 보내요?"

"저도 처음에는 이해가 안 갔는데 직접 배워 보니까 이해가 갑디다. 나중에 다 배울 겁니다."

"컴맹은 뭐예요? 선생님."

"문맹은 아시죠. 글을 모르는 사람은 문맹. 컴퓨터를 모르는 사람은 컴맹이라고 합니다. 그런 용어가 생길 만큼 컴퓨터가 중요한 시대라는 겁니다."

질문이 쏟아지면서 교실은 와자지껄해졌다. 어디서나 첫 수업은 선생님과 학생들의 탐색으로 시작된다. 그 과정에서 학생들은 궁금증을 갖고 궁리를 하며 선생님에게 질문을 한다. 하물며 말로만 듣던 컴퓨터를 직접 배우게 된 노인들은 입이 근질근질했다. 질문세례가 한바탕 이어지고 나서야 정우는 본격적인 수업을 시작할 수 있었다.

"자, 여기서는 컴퓨터를 누가 처음 만들었는지…… 뭐 이런 거 안 배웁니다. 실전에서 바로 쓸 수 있는 것만 배울 겁니다. 그럼 이제 컴퓨터를 켜는 것부터 배워 봅시다. 책상 위에 TV 같은 걸 모니터라 하고 네모난 상자를 본체라 부릅니다. 본체 앞에 보면 동그랗게 생긴 버튼이 있어요. 그걸 누르면 컴퓨터가 켜집니다. 눌러 보세요."

첫 수업에서 노인들은 컴퓨터를 켜는 것부터 배우기 시작했다. 아현은 안심이 되었다. 자기만 컴퓨터를 전혀 모르는 컴맹인 줄 알았는데 그곳에 모인 27명 모두가 컴맹이었던 것이다. 그리고 시원시원하게 가르쳐 주는 선생님이 마음에 들었다. 처음과 달리 젊은 선생님이 아니라 노인 선생님이어서 다행이라는 생각도 했다.

정우는 첫 수업이 끝나고 집으로 돌아오면서 상쾌한 기분을 느꼈다. 머릿속에 쉘에 처음 입사했을 때가 떠올랐다. 합격 통보를 받은 기억도 잠시, 첫 출근 날이 하루하루 다가올수록 견딜 수 없이 떨렸던 기억이 났다. 로비스트가 되어 처음으로 정치인들과 만날 때가 생각나기도 했다. 펑신과 함께 캄보디아의 미래를 견인해 나갈 회사를 만들겠다는 꿈에 부풀어 있었을 때도 떠올랐다. 무척 떨렸지만 동시에 오랫동안 기다렸던 순간들이었다. 오늘도 마찬가지였다. 첫 수업일이 다가오며 며칠 전부터 '잘할 수 있을까?' 하고 걱정했지만 생각보다 학생들이 잘 따라줘서 떨림으로 시작한 수업을 마칠 때쯤에는 마음이 편안해졌다. 정우는 콧노래를 흥얼거렸다. 설레는 일이 있을 때마다 어깨를 들썩이며 즐겨 부르던 노래였다. 참으로 오랜만에 부르는 콧노래였다.

"솔솔솔 오솔길에 빨간 구두 아가씨. 똑똑똑 구두 소리 어딜 가시나."

호모 루덴스!
손녀와 메일하다

"이제 인터넷에 접속하고 검색하는 거는 모두 할 수 있겠죠? 오늘은 메일에 대해서 배워 보겠습니다. 메일은 편지입니다. 전자메일 즉 일렉트로닉 메일이라고 해서 메일 앞에 e를 붙여 e 메일이라고 합니다. 네이버에 가입은 다 되어 있으니까 로그인 하세요."

정우는 생각보다 노인들의 습득력이 빠르다고 생각했다. 살아오면서 다양한 경험을 쌓은 노인들은 자기만의 방식으로 컴퓨터를 이해하며 배우고 있었다. 처음에는 정우에게 어렵다면서 "그만두겠다."고 말하는 학생이 몇 명 있었지만 반년이 지나면서 모두들 재미있어했다.

어느 날 강의 중, 정우는 강의를 따라 하지 않고 딴짓을 하고 있는 학생들을 발견했다. 무엇을 하고 있는지 궁금해서 정우는 일부러 지적하지 않고 살짝 그쪽 자리로 접근했다. 정우가 다가오는 걸 발견하자 학생들은 놀라면서 황급히 인터넷 창을 숨겼다. 정우는 웃었다.

"아니 뭘 하시는데 이렇게 놀라세요?"

인터넷 창을 보니 고스톱 게임이었다. 채팅창에는 채팅을 한 흔적도 남아있었다. 정우는 적잖게 놀랐다. 자신이 가르쳐준 것은 인터넷 검색과 간단한 자판 쓰는 법 정도인데 노인들은 그것을 이용해 인터넷에서 고스톱 게임을 하며 독수리 타법으로 채팅까지 하고 있었던 것이다. 정우는 아무 말도 하지 않았다. 하지만 그들이 빠른 적응력을 통해 컴퓨터와 점차 친해지는 모습을 보이는 것에 대해서는 정말 흐뭇하게 생각을 하면서 강의를 계속했다.

"메일이라고 쓰여 있는 단어를 클릭하고 편지쓰기를 다시 클릭하세요. 그리고 받는 사람 란에 칠판에 적혀 있는 제 메일주소를 입력하세요. 편지 쓸 때 집주소를 제대로 써야 가듯이 메일주소를 정확히 써야 메일이 날아갑니다. 자, 한철 씨 앞에 보세요. 다음에는 여기에 커서를 가져다 놓고 글을 쓰면 됩니다. 그리고 마지막에 보내기 클릭, 쉽죠. 자 이제 저한테 편지 한번 보내보세요. 편지 안 보낸 사람은 나머지 공부입니다. 허허."

"선생님, 마우스가 사라졌어요."
"마우스가 사라진 게 아니라 커서가 사라졌겠죠. 마우스를 잡고 동그라미를 크게 천천히 그려 보세요. 그러면 커서가 따라 움직일 겁니다. 해보세요."
"찾았어요. 선생님."

노안이 심한 영석은 가끔씩 커서를 못 찾고 헤맬 때가 많았다. 그때마다 정우는 마우스 찾는 방법을 알려 주었지만 영석은 당황해서 찾는 법을 자주 잊어버렸다. 수업이 끝날 무렵 영석이 마지막으로 편지를 보내왔다.

"27통이 다 들어왔네요. 오늘 나머지 공부는 아무도 없겠습니다. 허허, 대신 오늘은 숙제가 있습니다. 집에 가서서 손자,

손녀 메일주소를 알아 오세요. 없는 사람들은 자식이나 뭐 짝꿍이라도 괜찮으니까 내일은 스스로 메일 보내기를 해봅시다."

아현은 아쉬웠다. 컴퓨터를 배우는 시간이 너무 빨리 지나가서다. 그만큼 아현은 컴퓨터가 재미있었다. 컴퓨터와 처음 만났을 때는 낯설었지만 이제는 흥미로운 놀이도구가 되었다. 며칠 전에 아현의 집을 다녀간 명진은 깜짝 놀랐다. 아버지와 사별하면서 웃음이 사라졌던 어머니의 얼굴이 활짝 펴 있었기 때문이었다.

"어머니, 얼굴이 아주 좋아지셨는데요. 컴퓨터 배우시는 게 재밌나 봐요."

"그래, 컴퓨터가 그렇게 재미난 물건인 줄 알았다면 진작 배울 걸 그랬지 뭐니. 엊그제는 컴퓨터로 고스톱을 배웠는데 재밌더라. 컴퓨터를 한 대 살까 보다. 호호."

"이렇게 웃으시니 얼마나 좋아요. 어머니, 안 그래도 얼마 전에 컴퓨터 바꿔서 제가 쓰던 거 오늘 가져왔어요. 좀 있으면 인터넷 설치 기사도 올 거예요. 제가 미리 신청해놨어요."

아현은 어린아이처럼 좋아했다. 정우가 최대한 쉽게 가르치고는 있지만 강의시간 동안 배운 것이 다음날 모두 기억나지는 않았다. 아현은 집에서 그날 배운 것을 연습한다면 더 빨리 컴퓨터를 배울 수 있겠다는 생각이 들었다. 아현이 설렘에 빠져 있는 동안 컴퓨터 설치기사가 찾아왔고, 인터넷을 모두 설치하는 데에는 한 시간 정도의 시간이 걸렸다. 그동안 아현은 컴퓨터가 설치되면 하고 싶은 것들을 마음속으로 생각했다. 가슴이 두근거렸다.

오늘은 정우가 내준 숙제가 무엇보다 마음에 들었다. 자신의 실력을 손녀에게 보여줄 수 있었기 때문이었다. 손녀가 뭐라고 할지 기대되었다. 저녁을 기다렸다가 아현은 명진의 집에 전화를 걸었다. 마침 손녀 지희가 전화를 받았다. 지희는 이제 중학교 1학년이었다.

"지희야, 할미다. 학교는 잘 다녀왔니? 너 메일주소 갖고 있니? 그거 좀 알려 줘."

"오호~ 할머니 짱이야! 컴퓨터 배우신다더니 이제 메일도 보낼 줄 아세요? 우리 할머니 완전 대단해. 아직 엄마는 메일 주소도 없는데. 엄마 좀 놀려먹어야지……, 호호."

"그러면 못 쓴다."

지희의 칭찬에 아현은 기분이 아주 좋아졌다. 그리고 컴퓨터를 켜고 지희에게 메일을 보내기 시작했다. 그날 저녁 아현은 지희와 메일 7통을 주고받았다. 아현은 신이 나서 더 쓰고 싶었지만 지희의 마지막 메일을 보고 오늘은 그만 참기로 했다.

"할머니, 으흐……. 이제 그만 꿈나라로 가야 할 것 같애. 우리 할머니 너무~너무~ 신나셨어~ㅋㅋ 이제 빠이빠이. 안녕히 주무세용. 그럼 뿅^^."

아현은 지희의 말투가 귀여웠다. 처음 보는 단어와 표현들이 있었지만 그 나이만의 생기발랄함이 느껴졌다. 그리고 지희가 쓰는 표현들을 배워서 컴퓨터 교실 짝꿍에게 보내볼까 싶은 생각에 슬며시 웃음이 났다. 컴퓨터 교실은 아현의 삶을 바꾸고 있었다. 먼저 떠난 남편만 생각하면 시시때때로 눈물이 났지만 컴퓨터를 배우고부터는 울지 않았다.

늦은 밤, 아현은 자신의 방 한구석을 차지하고 있는 컴퓨터를 가만히 응시했다. 굉장히 오랫동안 그 자리는 빈자리였다.

남편이 떠난 후, 비어 버린 그 자리에서 아현이 항상 느끼던 건 외로움과 상실감이었다. 더 이상 그 자리를 채울 수 있는 것은 없다고 생각했고 빈자리를 쳐다보면서 울기만 하는 것이 아현의 일상이었다. 하지만 지금 그의 빈자리는 컴퓨터로 채워져 있었다.

아현은 그제야 깨달았다. 아현의 우울증은 남편에 대한 그리움이 원인이기도 했지만 이 세상에 홀로 남겨졌다는 외로움과 소외 때문에 그렇게 오랜 시간 우울증을 겪었다는 걸 말이다. 그래서 아현은 더욱더 컴퓨터에 몰입하게 되었는지도 몰랐다. 이제 컴퓨터 공부는 아현의 가장 중요한 일이 되었고 가장 친한 단짝 친구가 되어 주었다. 화장실에 들어간 아현은 깨끗한 걸레를 꺼내 정성껏 빨았다. 그리고 그것을 꼭 짜서 소중한 친구를 단장시켜주는 양 컴퓨터를 정성스레 닦은 후 잠자리에 들었다.

다음 날, 정우는 학생들에게 질문을 던졌다.

"손자들과 메일 다 주고받으셨나요?"
"선생님, 초등학교에 올라가면서부터 담배 냄새 난다고 슬슬 피하던 녀석이 메일 한 통에 그렇게 감동할 줄 몰랐습니다. 신세대 할아버지라고 칭찬까지 받았습니다. 하하."

할머니들은 물론 할아버지들도 감동하는 눈치였다. 정우 역시 뿌듯했다. 정우가 내준 숙제는 손자와의 소통을 이끌었다. 손자들이 크면서 대화가 점점 사라져 이제는 어색한 사이가 되었지만 컴퓨터는 아이들과 다시 소통하는 길이 되어 주었다. 노인들은 컴퓨터를 통해 세상과 소통하기 시작하면서 삶의 재미를 다시 느끼고 있었다. 그것은 컴퓨터를 가르치는 정우나 배우는 학생들도 똑같았다. 호모 루덴스(Homo Ludens, 놀이하는 인간). 그들은 컴퓨터를 놀이의 도구로 사용하면서 다시 어릴 적의 '놀이하는 인간'의 본성을 되찾고 있었다.

호모 쿵푸스!
공부하는 인간

피시방으로 한 무리의 노인들이 들어왔다. 게임을 하고 있던 학생들은 어리둥절했다. 피시방에서 아르바이트를 하고 있던 현수는 '물건을 팔러 오셨나?' 하는 생각이 순간 들었다. 하지만 이상했다. 물건을 팔러 오는 할머니들이 떼를 지어 함께 돌아다니는 것은 한 번도 보지 못했기 때문이었다. 갑작스레 궁금해진 현수는 곁눈질로 노인들을 훑다가 소스라치게 놀랐다. 익숙한 얼굴이 보여 자세히 들여다보니 할머니가 보였던 탓이었다. 그는 자리에서 퍼뜩 일어났다.

"할머니, 여기는 어떻게 오셨어요?"
"왜긴 왜니? 친구들과 컴퓨터 공부하러 왔지. 우리 여섯 명인데 자리 있니?"

"그럼요. 담배 냄새 안 나는 금연석으로 배정해 드릴게요."

현수는 정희의 외손자였다. 대학교에 다니면서 학비에 보탠다며 동네 피시방에서 아르바이트를 하고 있는 기특한 녀석이다. 사위와 딸이 맞벌이를 해서 어릴 때부터 현수를 업어 키운 것은 정희였다. 어제 현수는 할머니에게 "할머니! 기특해"라고 장난을 쳤다. 할머니는 컴퓨터를 배우기 시작하면서 집에서 항상 컴퓨터 공부를 하는데 어제는 컴퓨터 활용 책 한 권을 다 봤다며 자랑을 했기 때문이다.

컴퓨터공학을 전공하고 있는 현수는 할머니의 변화가 놀라울 따름이었다. 할머니는 늘 TV중독자라고 할 만큼 거기에만 빠져 있었다. 물론 현수는 그런 할머니를 이해했다. 교회에 예배 가는 것을 빼고는 다른 활동이 없어 TV와 친구가 되는 것은 당연했다. 어느 날 현수는 집 앞의 복지관에서 노인 컴퓨터 교실을 연다는 소식을 듣고 할머니에게 적극적으로 권해 드렸다.

그리고 할머니가 변하기 시작했다. 이제 할머니는 일상생활에서 컴퓨터를 편리하게 활용하고 있었다. 할머니는 무릎 관절에 좋다는 음식과 운동 방법을 인터넷으로 검색하기도 했고 안산시 무료 공연정보를 엄마에게 알려주어 온 가족이 같이 관람하기도 했다. 요즘은 같이 공부하는 친구들과 집에서 함께 공부를 하고 있다. 정희는 오늘도 컴퓨터 교실 친구들과 집에서 함께 공부하려고 했지만 지원자가 많아 현수가 있는 피시방으로 왔다.

"김 형, 오늘 사진 캡처 뜨는 거……, 난 잘 이해가 안 되더라. 그거 좀 가르쳐 줘."

"그래요? 이리 와 보세요. 여기 프린트 스크린(prtc) 버튼 누르고 그 다음에 그림판을 띄워요. 그리고 사이즈 조절해서 원하는 사진을 잘라내 붙여넣기 하면 끝이에요."

"좀 어렵네……."

"거기 앉으셔서 계속 해보세요. 컴퓨터는 자꾸 해봐야 돼요. 저도 그랬어요."

현수는 시계를 보았다. 저녁 7시 30분. 할머니가 오신 지 세 시간이 훌쩍 지났다. 현수가 학교 친구들과 팀 과제를 할 때처럼 할머니와 친구들은 서로 알려주고 소곤소곤 이야기하면서 재밌게 공부하고 있었다. 현수는 까만 의자 위로 백발을 하고 있는 일곱 명의 노인들이 피시방에서 가장 생기 있고 행복해 보인다고 생각했다.

"선생님, 컴퓨터를 사고 싶은데 추천 좀 해주세요."
"그래요? 몇 분이 저한테 부탁을 했는데……. 혹시 컴퓨터를 사고 싶은 분 더 계시나요?"

여기저기서 손이 올라왔다.

"이 정도면 공동구매하는 게 낫겠네요."

인터넷 쇼핑몰을 한참 돌아보고 나서 정우는 전화기를 들었다. 쇼핑몰에 있는 금액보다 몇 만 원을 더 깎았다. 각자의 집에서 컴퓨터를 받아 본 노인들은 장난감을 선물 받은 어린아이처럼 좋아했다. 형편이 어려워 컴퓨터를 사지 못한 노인들은 컴퓨터가 있는 집에서 삼삼오오 모여서 그날 배운 내용을 다시 공부했다. 자연스러운 공부 모임이 만들어졌다. 처음에는 서먹한 관계였지만 매주 이틀씩 수업을 같이 듣고 수업이 끝나면 다시 서로의 집에서 함께 공부를 했다. 그들은 누구보다 친밀

한 사이가 되었고 집안의 결혼식과 행사까지 서로 챙기는 사이가 되었다.

정희는 문득 여고생 시절을 떠올렸다. 무엇이든 먼저 나서서 하려고 하는 활달한 성격의 정희는 여고생 시절에 많은 친구를 사귀었다. 그녀의 활달함은 나이를 먹고, 결혼을 하고, 노인이 된 후에도 달라지지 않았다. 하지만 그럼에도 불구하고 '할머니가 되었으니까, 더 이상 친구를 사귀는 것은 힘들 거야.'라고 자신도 모르게 마음을 굳히고 있었다는 생각이 들어 그녀는 순간 움찔했다. 여고생 시절에 그랬듯이, 서먹했던 사이는 같이 공부하는 사이가 되었고, 같이 공부하는 사이는 둘도 없는 친구가 되었던 것이다.

느긋한 분위기의 일요일 오후였다. 아현의 집에 6명의 노인 학생들이 옹기종기 모여 있었다. 학생들은 얼굴에 미소를 띤 채로 무언가를 준비하고 있었다. 뭐가 그리도 신이 나는지 킥킥거리며 웃기도 하고 실없는 농담을 주고받으면서도 행복한 모습이었다.

"이제 선생님만 모시면 되겠지요? 누가 전화하실래요?"
"제가 할게요. 마침 선생님께 꼭 한번 말씀드리고 싶었어요."

아현은 특히나 싱글벙글이었다. 그녀는 자신의 생각이 들통 날까 짐짓 정색하며 전화기를 들었다.

한편 집에서 여유를 만끽하고 있던 정우는 갑작스런 전화벨 소리에 깜짝 놀라 전화를 받았다. 전화기 건너편에서 들려온 아현의 목소리는 그를 더욱 놀라게 했다. 주말에 무슨 일이냐고 물어보려 했으나 아현의 말이 더 빨랐다.

"일요일에 죄송한데요. 선생님, 저희 집에 지금 6명이 모여 있어요. 파워포인트에서 글씨가 막 날아오고 없어졌다가 다시 생기는 거 공부하고 있는데 잘 기억이 안 나서요."
"애니메이션요."
"아! 맞다, 맞아. 그 애니메이션 하고 싶은데 어디에 들어가서 하는지를 모르겠어요."
"전화로 알려주기에는 좀 복잡한데…… 제가 그리로 갈까요?"
"저희야 좋죠. 선생님, 호호."

정우와 아현의 집은 걸어서 5분 거리다. 그동안 한 명의 포기자도 없이 모두가 열성적으로 컴퓨터를 배우고 있는 것에 정우는 고마움을 느꼈다. 정우는 자신이 알고 있는 모든 컴퓨터 지식을 하나도 빠짐없이 알려 주고 싶었다. 그래서 아현의 집으로 가는 길은 귀찮은 길이 아니라 고마운 길이라고 정우는 생각했다.

아현의 집 대문. 정우는 초인종을 눌렀고 아현이 대문을 열어 줄 때까지도 별다른 낌새는 없었다. 하지만 현관문을 열고 들어가자마자 갑작스레 귀를 찢는 폭음에 정우는 순간 몸을 움츠렸다. 다행히도 곧 폭음의 원인을 알 수 있었다. 폭죽이었다. 폭죽에서 나온 색색의 종잇조각이 휘날리는 꽃잎처럼 어지러이 현관 앞에 내려앉고 있었다. 텅 빈 폭죽을 손에 든 학생들이 웃으며 박수를 쳤다. 정우는 놀란 마음을 가라앉히고 입을 열었다.

"무슨 일입니까?"

"저희, 이번에 컴퓨터 활용 자격증에 합격했습니다. 자, 보세요, 자격증!"

아현이 당당하게 손을 내밀었다. 그 위에는 조명을 받아 반짝이는 자격증이 놓여 있었다. 아현의 만족스러운 웃음과 어우러져 자격증은 더더욱 빛나는 것 같았다. 학생들의 행복한 표정에 정우도 놀랐던 얼굴은 어디 갔냐는 듯이 함께 웃음꽃을 피웠다.

"참 대단들 하십니다. 학생 때 이렇게 공부했으면 전부 다 서울대 갔을 텐데. 하하."

자격증 시험에 합격한 사람은 모두 6명이었다. 정우는 세 달 전 수업을 마치며 지나가는 말로 '컴퓨터 활용자격 시험이 있는데 합격 여부와 상관없이 도전해 보는 것도 좋은 경험'이라고 말했었다. 아현은 그 말을 그냥 넘기지 않았다. 무언가 목표가 생기면 결코 허투루 넘기지 않는 그녀의 성격 탓이었다. 그래서 시험을 원하는 사람들과 공부모임을 만들어 서로의 집을 전전하며 자격증 공부를 했었다. 그날 선생과 제자들은 처음으로 축배를 들었다.

2장

은빛둥지
날다

일 년 만에
문 닫고 쫓겨나다

수녀님이 정우를 불렀다. 정우는 예감이 좋지 않았다. 며칠
전에 컴퓨터 교실 학생들과 복지관 직원 사이에 말다툼이 있었
기 때문이었다. 학생들은 컴퓨터 공부에 빠져들면서 10시에 시
작하는 컴퓨터 교실 개방시간을 9시로 당겨 달라고 복지관에
건의했다. 다행히 직원들의 출근시간이 9시여서 복지관은 허
락을 해주었다. 그러나 한 달 뒤에 컴퓨터 교실 개방을 8시 30
분으로 당겨 달라고 다시 복지관에 건의를 하게 되었다. 직원
들은 출근 시간 전이어서 힘들다고 했다. 학생들은 이번에는
수업이 끝나고 오후에 계속 컴퓨터를 개방해 달라고 부탁을 했
다. 그러나 복지관 직원들은 컴퓨터 관리 문제로 그것도 힘들
다고 하였고, 그 와중에 학생들과 직원들 사이에 다툼이 벌어

졌다. 특히 복지관의 행정과 시설을 담당하는 팀장의 반대가
심했다.

"선생님, 직원들과 수강생 사이에 다툼이 있었다고 하던데
요. 참 난감하네요."
"학생들의 학습열의가 워낙 높다 보니까 수업시간만으로는
충족이 안 되나 봅니다."
"황영철 행정팀장이 여러 가지 이유를 들어 내년에는 노인
컴퓨터 교실을 운영하지 말자고 그러네요. 제가 설득을 해 봤
지만 너무 강경하게 나오시니……."

상록수동 복지관의 행정팀장 영철은 잔뜩 화가 나 있었다.
복지관을 개관하면서부터 편하게 넘어가는 일이 하나도 없었
던 까닭이었다. 개관 직후부터 업무가 많아 거의 매일 야근을
하고 있는 데다가 재정 지원이 적어서 늘 부족한 돈으로 복지
관 살림을 꾸려 가고 있었다. 이런 상황이었으니 노인 컴퓨터
교실을 여는 것은 처음부터 무리라고 생각해 관장에게 여러 번
반대 의사를 밝혔다. 그러나 관장은 꼭 필요한 일이라고 했다.
영철은 끝까지 반대를 했지만 관장의 의지를 꺾을 수는 없었

다. 내키지 않았지만 영철은 어쩔 수 없이 부족한 예산으로 컴퓨터 30대를 구매했다. 원래 계획에는 없던 일이었다.

영철은 관장이 컴퓨터 교실 강사의 말은 잘 들어주면서 자신의 말은 무시하는 것 같아 기분이 나빴다. 컴퓨터 강사에게 자신의 영역을 침범받았다는 생각까지 들었다. 거기다 컴퓨터 교실의 노인들이 복지관 운영에 관해 여러 건의를 해오는 것도 짜증났다. 노인들은 복지관을 위해 건의를 하고 있었지만 건의에 대한 일처리는 결국 직원들의 부가적 업무가 되었기 때문이다. 복지관의 일부 직원들도 영철에게 그런 불만을 쏟아내고 있었다. 그런 탓에 내년 교육프로그램 계획을 작성하면서 영철은 의도적으로 노인 컴퓨터 교실을 빼 버렸다.

'노인들은 말이 너무 많아. 교육 받으러 왔으면 교육만 받을 것이지, 웬 참견은 그리 하는지. 그거 다 충족하려면 돈이 얼마나 드는지 알고나 말하는 거야? 그리고 컴퓨터 교실을 계속 개방해 놓으면 관리는 누가 하냐고. 으휴…….'

상황을 알게 된 정우는 일이 그 지경이 되도록 중재를 못한 자신에게 화가 났다. 행정팀장이 자신의 학생들에게 예의 없이 대하는 건 알고 있었지만 컴퓨터 교실을 아예 없앤다고 하니 기가 막혔다.

"마리아 수녀님, 보셔서 알겠지만 노인들이 컴퓨터 교실 하면서 얼마나 좋아합니까? 그분들 이제는 컴퓨터 교실 없으면 안 되는 사람들입니다. 복지관에서 추구하는 것도 지역 주민들의 평생학습 활성화 아닌가요? 다시 검토를 부탁합니다."
"알겠습니다, 선생님. 제가 다시 행정팀장님에게 잘 이야기해 볼게요. 너무 걱정하지 마세요."

내년에 컴퓨터 교실이 없어진다는 소식은 순식간에 수강생들에게 퍼졌다. 평소에 까칠한 행정팀장이 마음에 들지 않던 창식은 집단항의를 해야겠다고 마음을 먹었다.

"오늘 수업이 끝나고 모두 산내들 식당에 모여 주세요. 컴퓨터 교실이 없어진다고 하는데 가만히 있을 수는 없잖아요. 대책을 세워 봅시다."

좁은 산내들 식당에 정우와 수강생들이 모두 모였다. 창식은 소주와 파전을 시켰다. 아현은 수녀님에 대한 믿음을 가지고 있었기 때문에 크게 걱정하지는 않았다. 오히려 말이 거칠고 성격이 급한 창식이 무슨 일을 벌일까 봐 걱정이 되었다. 컴퓨터 교실을 항상 개방해 달라고 하는 과정에서 직원들에게 반말을 하면서 거칠게 몰아붙인 것도 창식이었다. 창식과 친한 희철과 성일도 강경하게 말을 쏟아내었다.

"아니, 복지관 존재 목적이 뭐야. 노인들 복지를 위해서 있는 게 아니냐고. 우리가 있어야 지들도 있는 거지. 걔네들이 오히려 우리한테 고마워해야 한다고."

"그럼, 당연하지. 행정팀장 그 자식은 젊은 놈이 왜 그렇게 뻣뻣한 지. 어른에 대한 예의가 없어, 예의가."

점점 격해지는 분위기를 눈치 챈 정우는 수강생들을 안심시키려고 애를 썼다.

"아, 제가 오늘 수녀님을 뵈었어요. 그 문제는 다시 검토해 주신다고 했으니까 기다려 보는 게 좋겠습니다."

"아닙니다. 선생님, 이럴 때일수록 더 강력하게 우리 이야기를 전달해야 됩니다. 그래야 우리를 건들면 안 되겠다는 거를 알죠."

　강경한 사람들이 그곳의 분위기를 이끌면서 정우의 입장은 난처해졌다. 평소에 조용하던 사람들도 불만의 목소리를 내기 시작했다. 창식은 급하게 술을 먹더니 금방 취한 듯 보였다. 술을 먹지 않는 아현과 정희는 일어나자는 눈짓을 서로 주고받고 식당을 나섰다. 그러자 대부분의 사람들이 같이 일어났다. 이제 창식을 포함해 다섯 명만 남았다. 이때 성일이 제안을 했다.

　"우리 말 나온 김에 지금 찾아가서 행정팀장하고 담판을 합시다. 노인이라고 무시하는데 본때를 보여줍시다."
　"그래, 그럽시다."

　창식이 찬성을 하자 이들은 비틀거리며 복지관으로 찾아갔다. 오후 7시. 행정팀장과 직원들이 퇴근을 준비하고 있었다. 먼저 창식이 행정실 문을 열고 들어가다 행정팀장과 눈이 마주쳤다. 인사도 하지 않는 팀장을 보며 창식은 대뜸 소리를 질렀다.

"거 어른 보면 인사 좀 하시오. 젊은 사람이 왜 그렇게 버릇이 없어!"

"뭐라고요, 지금 뭐라고 하셨어요? 버릇이라니요, 저도 마흔이 넘었다고요. 그리고 남의 사무실에 허락도 안 받고 이렇게 들어와도 됩니까. 나가세요, 나가시라고요!"

"뭐야, 이 자식이. 너 말 다했어?"

창식이 영철의 멱살을 잡았다. 같이 간 사람들도 흥분해서 영철에게 욕을 하기 시작했다. 행정직원들은 당황하여 창식과 영철을 떼어 놓았다. 상황은 진정되었으나 영철은 분이 안 풀렸는지 책상 위의 전화기를 바닥으로 세게 던지면서 나가 버렸다. 다음 날 아침 영철은 직원들을 불러 모았다.

"어제 내가 열받아서 잠을 못 잤어. 나 혼자 떠들어 봐야 안되니까 오늘 나 빼고 다 같이 관장님께 올라가서 노인 컴퓨터 교실 당장 없애자고 이야기해. 알았어?"

"팀장님, 그건 좀…… 너무 과격한 거 아니예요?"

"뭐야, 너는 누구 편이야? 나하고 근무하기 싫다 이거지."

영철의 강압에 직원들은 관장에게 찾아가 간밤의 일을 말하며 노인 컴퓨터 교실을 닫자고 했다. 물론 전화기를 던진 이야기는 하지 않았다. 직원들의 불만을 들으며 마리아 수녀는 가슴이 두근거렸다. 지역 주민들과 좋은 관계를 유지하면서 그들을 돕는 것이 복지관의 존재 목적인데 그와는 반대로 사람들의 마음에 상처를 입힌 것이 자신이 부족한 탓인 것만 같았다. 마리아는 결단을 내려야 했다. 당장 노인 컴퓨터 교실을 없앤다면 더 큰 저항이 있을 것 같아 남아 있는 수업까지 끝내자고 직원들을 설득시켰다. 노인 컴퓨터 교실은 그렇게 일 년 만에 문을 닫았다.

알을 깨고
나오다

마지막 수업은 침울한 분위기였다. 정우는 돈을 받지 않고 재능기부로 일 년 동안 강사활동을 했지만 수강생들로부터 돈보다 더 소중한 삶의 에너지를 얻고 있었다. 노년에 친구를 사귀고 즐겁게 같이 공부하는 그들을 보면서 정우도 무언가 다시 새롭게 할 수 있겠다는 용기가 생겨나곤 했다. 일 년 동안의 수업에는 많은 발전이 있었다. 시작할 때는 모두가 컴맹이었지만 이제는 자기가 필요한 정보를 인터넷에서 검색하고 손자와 메일도 주고받을 수 있었다.

아현과 같은 우등생은 문서작성을 배우고 컴퓨터 활용 자격증까지 취득을 했다. 정우는 희망을 가졌다. 내년에는 사진을 가르쳐 스스로 디지털 자서전을 만들 수 있도록 도울 계획이었다. 그러나 행정팀장과 창식 일행의 싸움으로 모든 게 끝나 버렸다. 무엇보다 관장을 맡고 있는 마리아 수녀님에게 미안한 마음이었다. 자신에게 무한신뢰를 보내며 노인 컴퓨터 교실에 필요한 모든 것을 지원해 주신 분이었다. 수강생들이 컴퓨터 자격증을 땄을 때는 누구보다 기뻐해 주면서 나아가 지역신문에 기사까지 나가도록 신경을 써 주었다. 지난 일 년을 되돌아보며 수업을 마무리하고 새로운 계획으로 들떠 있어야 할 마지막 수업은 정말 마지막이 되어 버렸다. 아현은 애써 울음을 참았다. 그리고 당장 내일을 걱정했다.

'내일부터는 다시 혼자가 되겠지. 이제 무얼 하며 시간을 보내야 하나. 짝꿍 정희도 자주 보기 힘들겠지. 일 년 동안 정말 좋았는데……'

학교를 다니지 않은 아현에게 컴퓨터 교실은 학생의 기분을 느끼게 해주었다. 컴퓨터 자격증을 따면서는 더욱 자신감이 생겨 홈페이지를 만드는 공부를 정희와 따로 시작하려던 참이었다. 어제는 저녁 반찬을 사러 동네 슈퍼마켓에 들렀다가 아주머니의 말을 듣고 아이처럼 얼굴이 빨개졌다.

"아니, 비결이 뭐예요? 할머니. 매일매일 더 예뻐지시는 것 같아요. 이렇게 고우신 분이 할아버지 돌아가시고…… 아, 제가 실수했네요. 항상 요놈의 입이 문제야, 호호."

"괜찮아요, 뭘. 이제는 정말 괜찮아요. 아주머니도 공부해 보세요. 공부하면 진짜 예뻐져. 그게 최고의 화장품이야."

아현은 요즘 부쩍 젊어지고 예뻐졌다는 이야기를 많이 들었다. 모두 컴퓨터 교실에 다니며 듣게 된 말이었다. 이제 우울증도 사라져 약을 먹지 않아도 곤하게 잘 수 있었다. 처음으로 아침이 기대되는 나날을 보내고 있던 아현이었다. 그러나 이제 수업은 끝나고 말았다. 남편과 사별하며 잃었던 웃음을 되찾았던 아현은 마지막 수업 날 다시 얼굴에 그늘이 졌다.

"아현 씨, 잘 가. 그 고운 얼굴에 오늘은 그늘이 져서 어떡하니? 우리 힘내자고."

집으로 가는 발걸음이 무거웠다. 아현에게 힘내자고 말을 한 정희였지만 정작 자신도 힘이 빠지기는 마찬가지였다. 정희는 나이와 어울리지 않게 늘 다정하게 웃는 사람이었다. 그러나

요즘 정희는 기분이 별로 좋지 않았다. 저번 주에 교회에 나갔다가 충격적인 말을 들었기 때문이었다.

"집사님, 내년부터는 봉사단 활동은 안 하셔도 될 것 같아요. 봉사단 활동 나이가 60살까지여서……. 그동안 고생하셨으니 이제 좀 편하게 쉬셔야죠."

"네? 네……."

그날 정희는 처음으로 하나님이 원망스럽다고 기도를 올렸다.

'하나님, 나이 듦이란 무엇인가요? 저는 아직 건강하고 더 활동할 수 있는데……. 단지 나이가 들었다고 해서 더 쓰이지 못하는 건 너무나 억울합니다…… 억울합니다. 이게 하나님의 뜻은 아니시지요?'

눈가가 촉촉하게 젖은 정희의 시선이 방의 십자가 아래에 놓인 봉사활동 기념패에 멈췄다. 십 년 전 큰 물난리가 났을 때 팔뚝을 걷어붙이고 수해지역에 봉사를 나간 흔적이었다. 건물 안까지 물이 들이차 잘 곳도, 쉴 곳도 마땅치 않았지만 그녀는 물러서지 않았었다.

'힘들었기에 더욱 보람찬 시간이었어.'

구호품을 날라 수재를 입은 사람들에게 전달하고 물에 잔뜩 젖어 못 쓰게 된 생필품들을 하나라도 더 살리기 위해 말리고 닦아내고 털어내던 기억이 생각났다. 무리를 했는지 감기몸살에 걸려 앓아눕기도 했었지만 금세 털고 일어났다. 앓아누워 끙끙대는 것은 정희의 성미에 어림도 없는 일이었기 때문이었다. 돌이켜보면 감사패보다 더 기쁜 것은 도움을 줘서 감사하다며 정희의 손을 붙잡고 고개를 끄덕이던 주민들의 훈훈한 미소였다. 하지만 봉사단에서 은퇴하면서 이러한 즐거움은 한순간에 과거의 이야기가 되어 버렸다.

참 서운했다. 15년을 넘게 해온 봉사활동의 끝맺음이 이렇게 초라하다니! 정희는 누구보다 봉사활동에 열심히 참여를 했다. 봉사활동은 정희에게 삶의 활력소였다. 원하지 않았던 봉사단에서의 은퇴와 컴퓨터 교실의 중단은 정희에게 큰 상실감을 주었다. 사회활동이 한꺼번에 없어진 정희는 새로운 돌파구를 찾아야겠다는 생각을 하기 시작했다.

'컴퓨터 동아리를 만들어 볼까…….'

창식은 마지막 수업에 오지 않았다. 행정팀장과 싸운 이후에
는 같이 공부하는 노인들과의 사이가 예전과 같지 않았다. 더
러 창식에게 원망을 하는 사람이 있었는데 그때마다 창식은 매
섭게 쏘아붙였다. 자연히 창식 일행과 다른 수강생 사이에는
보이지 않는 벽이 생겼다. 오늘 수업에 갔다가는 모든 원망이
자신에게 쏟아질 게 분명하다고 창식은 생각했다. 같이 사고를
친 희철과 성일도 마지막 수업에는 가지 않았다. 그들은 희철
의 집에 모여 이제 막 배우기 시작한 홈페이지 만들기를 같이
공부하고 있었다.

"형님, 이제 컴퓨터 교실도 끝났겠다. 본격적으로 컴퓨터 공
부모임을 만들어 보는 건 어떨까요?"

성일도 희철과 같은 생각이었다. 수업이 끝나면 서로의 집을
옮겨 다니며 공부를 하고 있었기 때문에 공식모임을 만들어 공
부를 이어가고 싶었다. 그때 정우에게 전화가 왔다. 희철이 전
화기를 붙들고 정우에게 말했다.

"아유, 선생님. 마지막 날인데 인사도 못 드리고 죄송합니다. 선생님 뵐 면목이 없어서 그랬습니다."

"무슨 말씀을 그리하세요. 일 년 동안 잘 배우신 것만도 저는 고맙습니다. 그리고 컴퓨터 교실 없어진 거는 예산 등 다른 이유 때문에 그런 거니까 너무 신경 쓰지 마세요. 좀 전에 아현 선생한테 전화가 왔었어요. 컴퓨터 학습동아리 만들자고요. 같이 하실 거죠?"

"잠깐만요."

희철은 수화기를 막고 창식과 성일에게 물어보았다. 둘 다고개를 크게 끄덕였다. 정우는 27명 전부에게 전화를 걸었고 모두가 참여를 희망했다. 정우는 학습동아리를 제안한 아현이 놀라울 정도로 변했다고 생각했다. 수업 초기에는 눈을 마주치는 것도 수줍어하던 아현이었다. 그러나 시간이 지날수록 적극적으로 자기의 생각을 말하고 컴퓨터 교실 운영에 관한 다양한 아이디어까지 제안을 했던 것이다. 그리고 이제 아현의 제안으로 컴퓨터 학습동아리가 새롭게 생기게 되었다.

'배움이란 무엇인가?'

정우는 아현을 떠올리며 그런 생각이 들었다.

은빛둥지
그들만의 보금자리를 찾다

　산내들 식당에 사람들이 모여들었다. 총 28명이었다. 아현과 정희는 들뜬 표정이 역력했다. 그리고 그곳에 모인 사람들 모두가 표정이 밝았다. 동아리의 이름은 정우의 제안에 따라 은빛둥지로 정했다. 문제는 함께 모여 컴퓨터를 공부할 공간이 없다는 것이었다. 복지관의 넓은 교실에서는 몰랐지만 28명이 다 같이 들어갈 장소를 찾기가 어려웠다. 먼저 정희가 제안했다.

　"제가 목사님한테 얘기를 해볼까 하는데 교회에 교육장이 있거든요."
　"난 반대입니다. 교인도 아닌데 교회에서 공부를 한다는 건 좀 그러네요."

"그럼 당분간 노인정에서 만나는 건 어떨까요?"

정우가 말했다. 마땅한 대안이 없는 상태에서 은빛둥지 회원들은 찬성을 했다. 하지만 상록수동 노인정에는 컴퓨터가 없었기 때문에 5팀으로 나누어 컴퓨터가 있는 팀원의 집에 가서 공부를 하기로 했다. 그리고 일주일에 한 번은 노인정에 모두가 모여서 정우가 중간점검을 해주었다. 그러는 사이 정우는 부지런히 안산시청과 상록구청에 가서 노인들이 무료로 빌려 쓸 만한 장소가 없는지 찾아다녔다. 그러나 소득이 없었다. 다음 날 정우는 상록수동 주민센터를 찾아가 동장을 만났다. 어찌된 일인지 동장은 이제 막 행정고시에 합격하고 사무관이 된 신참내기였다. 아들 형석보다도 나이가 어려 보였다. 처음에 심드렁한 표정이던 동장은 학습동아리 방을 찾고 있다는 말에 표정과 태도가 바뀌었다.

"아, 그러세요? 저도 대학교 때 밴드 동아리 했었거든요. 다른 동아리에서 시끄럽다고 자주 항의를 해서 몇 번이나 쫓겨날 뻔했었어요. 힘들게 동아리 생활을 해서 그런지 우리 동아리는 아직도 관계가 끈끈합니다. 하하."

"혹시 상록수동에 예전에 쓰다가 지금은 비어 있는 건물 없어요? 시청하고 구청에서는 없다고 하던데."

"없다고 하던가요? 이상하네……. 제가 여기에 오자마자 상록수동 자산을 다 조사해 데이터베이스화 해놨거든요. 상록수교회 옆 건물이 아주 예전에 안산시 수질관리사업소 건물이었는데 20년 전에 시청으로 이전하면서 지금은 비어 있어요."

"시에 가서 다시 한번 얘기를 해 봐야겠네요."

정우는 그길로 담당 공무원을 다시 찾아갔다.

"아, 글쎄, 그 건물은 다른 용도로 사용할 계획이 있어서 안 됩니다."

"어떤 용도인지 알 수 있나요?"

"그 부분까지는 알려드릴 수 없습니다만, 어쨌든 안 됩니다."

담당 공무원은 완강히 반대했다. 어느 정도 반대는 예상하고 있었지만 더 이상 말 꺼내기가 힘들 정도였다. 텅 빈 건물을 어디에 사용할 건지 확실히 알려 준 것도 아니고, 영리목적으로 쓰려는 것도 아닌데 무작정 안 된다고만 하니 정우는 답답했다. 아무리 생각해도 그곳 말고는 은빛둥지의 보금자리로 쓸 만한 곳이 없었다.

고민하는 정우의 머릿속에 퍼뜩 로비스트 시절의 경험이 떠올랐다. 로비스트 일은 순탄하지만은 않았다. 어떤 일이든 반대하는 세력이 있었고 그들을 설득하는 게 도저히 불가능하다고 생각했던 경우가 더 많았다. 하지만 그 벽을 뚫었기에 그는 동남아 곳곳을 제집처럼 누비고 다니면서 동남아의 유력 인사들과 인맥을 맺고 거대한 사업을 손바닥 위에서 굴릴 수 있었던 것이었다. 그는 안산시 공무원의 완강한 반대를 뚫을 방법을 궁리해 보았다.

'어느 조직이든 핵심이 있어. 조직을 공략하려면 핵심을 파고들어야 한다.'

잠시 고민 끝에 정우는 안산시 국회의원 김형환을 찾아갔다. 무모한 생각 같았지만 그는 믿는 구석이 있었다. 내년이면 국회의원 선거가 있으니 자신의 말을 무시하지는 못할 거라고 생각했던 것이다. 일은 싱겁게 끝나 버렸다. 김형환 의원은 그런 일이 있었냐며 바로 같은 당 소속인 시장에게 전화를 걸었다. 다음 날 정우에게 담당 공무원이 전화를 해왔다.

"어르신, 원래 거기를 리모델링해서 다른 용도로 쓰려고 했었어요. 그런데 생각을 해보니 어르신들 공부방으로 쓰면 더 좋겠다는 생각이 드네요. 저희야 좋죠. 뭐, 건물 관리도 되고요. 앞으로 잘 부탁드립니다. 그런데 시장님하고는 어떤 관계세요?"

처음 만났을 때의 뻣뻣한 목소리와는 사뭇 다른 태도였다. 정우는 살짝 입꼬리를 올렸다. 오랫동안 로비스트를 했던 정우는 누구를 만나고 설득해야 일이 풀리는지 잘 알고 있었다. 그렇게 은빛둥지는 드디어 떠돌이 생활을 청산하고 그들만의 보금자리를 찾았다. 은빛둥지 회원들은 각자의 집에서 청소도구를 들고 건물로 모여들었다. 환한 낮이었지만 건물은 음산했다. 20년 동안 방치되어 있던 건물 곳곳에는 거미줄이 처져 있었고 벽지들이 찢어져 있었다. 그리고 천장의 텍스가 군데군데 무너져 있어 마치 폐허와 같았다. 청소는 일주일간 계속되었고 건물은 서서히 제 모습을 찾아갔다. 그리고 건축 일을 했던 회원들이 있어 무너진 천장을 다시 말끔하게 고쳤다.

"회장님 덕택에 공부를 다시 할 수 있게 돼서 참 좋네요!"

할머니들 몇 명이 모인 자리에서 정희가 쿡쿡 웃으면서 말을 꺼냈다. 둘러앉은 사람들도 눈빛으로 고마움을 표시했다. 어느 때부터 정우는 선생님이 아닌 동아리 회장으로 불렸다. 대부분이 자연스럽게 그 호칭을 받아들였지만 못마땅해 하는 사람도 있었다. 창식과 친한 회원들은 정우를 여전히 선생님으로 불렀다.

"쳇, 회장은 무슨……."

창식은 은빛둥지의 보금자리를 만들어 준 정우를 칭찬하는 할머니들의 수다를 잠시 듣다가 기분이 팍 상한 듯 퉁명스러운 불만을 씹어뱉었다. 담배에 불을 붙이며 건물 밖으로 나온 창식에게 하나둘 사람이 붙는다. 창식과 항상 함께 다니며 그가 하는 일에 동참했던 다섯 명이었다. 창식은 자연스럽게 그들을 이끌고 근처 술집으로 향했다.

"가만 보니까 회장 되고 싶어서 수작 좀 부렸나 본데 가만히 있어선 안 될 것 같습니다."

"기껏 컴퓨터 가르치던 선생 주제에 우리 머리 위에 있는 것이 기분이 나쁘다 그 말입니다."

이미 술이 거나하게 취한 그들은 정우에 대해서 있는 험담, 없는 험담 가리지 않고 쏟아내기 시작했다. 하지만 그들의 불만과는 별개로 정희와 아현은 신이 났다.

"회장님. 보금자리가 생겨서 좋기는 한데 여기를 무엇으로 채우죠?"

정희의 말에 정우도 내심 걱정이었다.

"컴퓨터하고 책상, 의자만 있으면 되는데. 돈을 모아서 살 수도 없고…… 허허."

그때 정우는 '필요한 게 있으면 언제든지 다시 찾아오라.'는 김형환 의원의 말이 생각났다. 믿음을 갖고 그는 의원 사무실의 문을 다시 두드렸다. 다시 만난 김형환 의원은 여전히 반갑게 그를 맞아 주었다. 정우는 감사의 말부터 꺼냈다.

"의원님께서 도와주셔서 아주 근사한 보금자리가 생겼습니다. 노인들에게 아주 큰 선물을 주셨어요."

"당연한 일인데요, 뭘. 어차피 놀리는 건물 어르신들 공부하시는 데 쓰면 얼마나 좋습니까? 개관식 하면 저 꼭 불러주세요."

정우는 이때다 싶은 생각에 바로 말을 꺼냈다.

"지금 책상과 의자를 아직 못 구해서 문을 못 열고 있습니다."

"제가 얼마 전에 한양대학교 안산캠퍼스에 행사가 있어서 다녀왔는데 학교에 안 쓰는 물건들이 좀 있을지도 모르겠네요. 제가 총장한테 전화를 한번 해 보죠."

그러나 한양대학교에 남는 책상과 의자는 없다고 했다. 정우는 혹시나 하는 마음에 김 의원에게 부탁하여 한양대학교 총장에게 남는 컴퓨터는 없는지 물어보았다.

"김 의원님은 우리 학교 사정을 어떻게 그리 잘 아십니까. 얼마 전에 공대 컴퓨터를 새것으로 다 교체했어요. 하하……. 안 그래도 어디 기부할 곳을 찾고 있었는데 몇 대면 되겠습니까?"

은빛둥지는 생각지도 못했던 컴퓨터를 한양대학교로부터 100대나 기증받았다. 정우는 50대를 그동안 은빛둥지에 도움을 준 상록수동 노인정과 인근 노인정에 나누어 주었다. 컴퓨터는 구했지만 책상과 의자가 문제였다. 정우는 자신에게 청강의 기회를 준 안산대학교 총장을 다시 찾아갔다. 사정을 말하니 총장은 시설팀장에게 전화를 걸었다.

"팀장님! 우리 책상하고 의자 여유분이 좀 있나요?"
"네, 작년 창조관의 집기들을 바꾸면서 아직 버리지는 않았어요. 창고에 한 120개 세트 정도가 있습니다."

총장은 직원들을 시켜 책상과 의자를 은빛둥지 건물까지 옮겨 주면서 큰 화분 세 개를 함께 보내 주었다. 참 고마운 분이었다. 마음이 따뜻한 여러 사람들의 도움으로 은빛둥지는 비로소 공식적인 출범을 알렸다. 코발트빛 하늘에 구름 한 점 없는 2003년 시월의 어느 멋진 날이었다.

동아리
날다

　은빛둥지는 활기가 넘쳤다. 그들만의 보금자리와 개인 컴퓨터가 생기면서 아침 일찍 나와서 밤까지 공부하는 회원들의 숫자가 늘어나기 시작했다. 그러나 정우는 고민이 많았다. 이제는 전기세와 수도세를 내야 했고 회원들이 마실 커피도 준비해야 했다. 그리고 날마다 함께 먹는 점심은 가장 큰 문제였다. 컴퓨터 교실에서 공부할 때에는 복지관에서 무료로 해결되었던 것들이 이제는 모두 돈으로 직결되었다. 우선은 여유가 있는 사람들에게 돈을 걷어서 해결하고 있었지만, 그마저 내지 못해 점심때면 눈치를 보고 사라지는 회원들이 생겨났다. 최소한 공과금을 걱정 없이 내고 점심을 함께 먹을 수 있는 방법을 찾아야 했다. 또한 은빛둥지가 탄생하는 데 도움을 준 지역사회에 공헌도 해야 했다. 이래저래 정우는 머리가 복잡했다.

'은빛둥지가 탄생한 것은 지역사회의 도움이 있었기 때문이야. 우리끼리 잘 먹고 잘 사는 건 의미가 없지. 이제는 돌려주어야 해. 그런데 무엇으로 공헌을 하지? 돈도 벌면서 공헌을 할 수 있는 방법은 없을까?'

저마다 자기 책상 앞 컴퓨터를 보면서 공부를 하고 있는 노인들을 보며 정우는 컴퓨터 학원 같다는 생각이 들었다. 컴퓨터 교육기관!

'바로 그거다. 컴퓨터 교육기관을 운영하는 거지. 정부와 지자체에서 컴퓨터 활용 교육 사업을 따내 무료교육을 하는 거야. 책상과 컴퓨터 등 인프라는 다 갖추어져 있으니 사람만 모으면 되는 거 아닌가. 그러려면 비영리법인 등록을 해야겠지.'

정우는 회의를 열었다. 회원들에게 사회공헌도 하고 최소한의 운영비 확보를 위해서 컴퓨터 교육기관으로 비영리법인 등록을 하자고 말했다. 창식이 손을 들었다.

"보자보자 하니까 말이야. 당신이 여기 주인이야, 뭐야? 여기는 동아리라고, 동아리! 왜 당신 마음대로 하려고 그래. 법인 만들어서 당신 혼자 다 해먹겠다는 거 아니야. 내가 모를 줄 알아?"

"무슨 말씀을 그렇게 험악하게 하세요. 사실 회장님 없었으면 은빛둥지가 있었겠어요? 회장님 혼자서 이리 뛰고 저리 뛰고 해서 이 건물도 받아 내고 책상, 컴퓨터 전부 회장님이 구해 오신 거잖아요. 그리고 공과금이랑 커피 값은 그쪽이 다 낼 거예요?"

정희가 창식에게 쏘아붙였다. 창식은 말문을 닫았지만 이번에는 희철이 나섰다.

"왜 라정우 씨가 회장입니까, 회장으로 추대한 적도 없는데. 라정우 씨가 당신들 뒤에서 조종하고 있는 거 다 알아요. 컴퓨터 교실 할 때나 지가 선생이었지. 이제 아무것도 아니잖아. 왜 모든 걸 마음대로 하냐 이거지. 그리고 회장은 라정우 씨 빼고 우리 중에 뽑읍시다."

여기저기서 고성이 오고가면서 은빛둥지는 난장판이 되었다. 창식과 술을 같이 먹으며 그를 형님으로 따르던 사람들은 거친 말들을 쏟아 냈고 급기야 욕을 하기 시작했다. 그들의 표적은 정우였다. 암묵적으로 은빛둥지의 회장이라고 불렸던 정우를 집중 공격했다.

"씨팔! 라정우 당신이 왜 회장이야. 우리는 당신을 회장으로 뽑은 적 없어. 여기가 공산당이야? 투표를 하란 말이야. 우리한테 술 한 잔 사준 적 없는 사람이 무슨 회장이야, 회장은."

무섭게 욕을 하면서 목소리를 높이는 그들이 회장으로 생각하는 사람은 창식이었다. 예전에 건축 사업을 제법 크게 해서 부유한 창식은 회원들에게 돈을 잘 썼다. 그는 거칠었지만 술을 좋아하는 노인들에게 자주 술을 사주면서 환심을 사고 있었다. 술자리에서는 대놓고 자기를 회장으로 밀어 달라고 말하곤 했다.

"그만합시다! 저는 회장 할 생각도 없고 조용히 뒤에서 여러분들을 돕고 싶었어요. 제가 무슨 자리에 욕심 있는 것도 아니고. 단지 나 같은 노인들에게 컴퓨터 가르치고 싶은 마음밖에 없었어요. 저는 내일부터 여기에 나오지 않겠습니다. 남은 분들이 은빛둥지를 잘 이끌어 주시길 바랍니다."

정우는 밖으로 나왔다. 많은 사람들이 정우를 붙잡았지만 뿌리치고 나왔다. 흐린 늦가을 하늘에 스산한 비가 내리고 있었다. 찬비가 정우의 머리를 적시고 마음도 적셨다. 결국 정우는 감기 몸살로 이틀 동안 누워 있는 신세가 되었다. 정우는 쥐 죽은 듯이 누워 있었다. 몸도 마음도 지치고 무엇보다 사람에게 지쳐 버린 정우였던 것이다. 그때 전화가 왔다.

"원장님!"

수화기에서 들리는 목소리에 정우는 어안이 벙벙했다.

"원장님이라니요?"
"그날 그렇게 가시고 저희끼리 한바탕했지 뭐예요. 결국 그 다음날 투표를 했어요. 21:6으로 회장님을 원장님으로 모시기로 했어요. 투표 결과를 보더니 오창식 그 양반하고 나머지 5명은 이제 안 나오겠대요. 따로 동아리 만든대나 어쨌대나…….
그리고 컴퓨터 교육원 만들 거니까 호칭은 이제 원장으로 통일
했어요. 호호."

아현의 목소리는 밝았다. 정우는 일어나서 창문을 열었다.
날씨가 개어 있었고 하늘이 맑았다. 다시 은빛둥지로 가는 정
우의 발걸음은 가벼웠다. 그동안 사사건건 정우의 말을 비꼬고
비판을 하던 사람들 때문에 정우도 마음고생을 하고 있던 터였
다. 창식 일행은 정우를 비난했지만 더 많은 사람들이 그들을
거부하면서 쫓기듯 떠났다. 한편으로는 안타까운 마음이 일었
다. 하지만 은빛둥지를 일구어 나가려면 어쩔 수 없는 일이었
다. 이후 정우는 경기도청을 오가며 은빛미디어라는 이름으로
컴퓨터 교육을 목적으로 하는 비영리법인을 등록했다. 은빛둥
지는 회원들이 지속적으로 컴퓨터 공부를 하는 동아리로 남겨
놓았다. 이후 정우는 정보통신진흥원에서 모집하는 '우리 마을
컴퓨터 교육기관'에 신청을 하고 지정을 받으면서 정부에서 인
정하는 공식적인 컴퓨터 교육기관이 되었다.

몰입의 즐거움

상원은 시간 때울 곳을 찾아 동네를 어슬렁거렸다. 회사에서 지원해주는 6개월 과정의 '퇴직자 컴퓨터 교육'을 다녔지만 한 달도 못 돼서 포기를 했다. 도저히 수업을 따라갈 수가 없었다. 수강생 연령이 다양하다 보니 강사는 갈 길 바쁜 젊은 사람들의 수준에 맞추어 수업을 진행했다. 이후 상원은 집에서 시간을 보냈다. 일 년이 지나면서 그동안 쌓아온 사회적 네트워크는 거의 끊겨 버렸다. 이따금 지인들의 갑작스런 부고가 날아오곤 했다. 그럴 때마다 상원은 회사를 떠난 이후로 오랫동안 손댈 일이 없었던 정장을 꺼내 입었다. 상갓집에서 만난 옛동료와 친구는 반가웠지만 그들이 직장 이야기, 상사 이야기, 퇴직 이야기, 돈 이야기를 할 때마다 한없이 움츠러지는 자신

을 느꼈다. 오랜만에 만난 친구의 입에서 요새 뭐 하냐는 소리
가 나올까 봐 겁이 나 인사만 하고 쫓기듯 장례식장을 나온 적
도 한두 번이 아니었다. 인정하기는 싫지만 어느새 그도 명함
이 없는 50대 대머리 아저씨가 되어 있었다.

길에서 만나는 아이들은 이제 아저씨보다 할아버지라고 더
많이 불렀다. 그럴 때면 살짝 억울한 마음이 들었지만 아이들
이니 어쩔 수 없었다. 일자리를 찾아봤지만 체면상 하지 못할
저급한 일들뿐이었다. 집에서 노는 게 지겨워 용기를 내어 지
원했지만 그마저 경쟁이 치열해 매번 떨어졌다. 상원에게는 아
침을 먹고 이 동네, 저 동네를 탐색하는 게 유일한 일과가 되어
버렸다. 한동안 집에만 있었더니 아내가 노골적으로 밖으로 내
쫓았다.

"멀쩡한 양반이 집에만 있으면 어떡해요. 할 일이 얼마나 많
은데. 으휴……, 정말."

맞다. 상원은 집에만 있기에는 아직은 너무 건강했다. 50대
중반이 되면 "마음은 젊은데 몸은 늙었다."라고 말하지만 상원
은 틀린 말이라고 생각했다. 그는 몸도 마음도 젊었다. 다만 머

리가 살짝 벗겨져 나이가 더 들어 보일 뿐이었다. 상원은 오늘도 아내를 등지고 집을 나섰다.

'무료 컴퓨터 교육생을 모집합니다.
노인우대. - 은빛미디어 -'

상원은 '노인우대'라는 말이 참 낯설었다. 요즘 노인을 우대하는 곳은 기껏해야 돈을 내고 들어가는 실버타운이나 노인요양병원뿐이라는 생각이 들었기 때문이다. 상록수교회 옆 건물에 어제까지 못 보던 플래카드를 발견한 상원은 조금의 망설임도 없이 건물 안으로 들어갔다. 백발의 노인이 상원을 맞이했다.

"안녕하세요. 플래카드 보고 들어왔는데요. 교육생 아직 모집하나요?"

"그럼요. 컴퓨터 배워보신 적 있으세요?"

"네? 아니요……."

"잘 됐네요. 여기 기초반은 컴퓨터 켜는 것부터 가르칩니다."

교육생은 50명. 목표대로 모두 모집했다. 겨울방학이어서 그 런지 동네 학생들이 많았고 '노인우대' 보고 찾아온 노인들도 제법 있었다. 학생 반, 노인 반이었다. 어디서나 볼 수 없는 교육생 조합이었다. 거기다 강사도 노인이었다. 교육은 차분히 진행되었다. 처음에 학생들은 노인 강사의 실력에 대해 의구심 이 많았지만 첫 시간을 마치고 말끔히 해소되었다. 강사의 내공이 보통이 아님을 알게 되었기 때문이다. 마찬가지로 상원도 '저 노인네가 잘 가르칠 수 있을까' 싶었지만 그런 걱정은 첫 시간이 지나고 사라졌다. '퇴직자 컴퓨터 교육' 때의 젊은 강사와 비교해 보면 매우 쉽게 잘 가르쳤다. 자신의 수준에 맞춰 잘 가르친다는 점이 상원은 마음에 들었다. 조금 자신감이 생겼다. 수업이 끝나고 정우가 말했다.

"이곳에 은빛둥지라는 '노인 컴퓨터 학습동아리'가 있는데 해 볼 생각 있으신 분들은 남아 주세요."

동아리, 상원에게는 참 오랜만에 들어보는 단어였다. 정우는 은빛둥지에 대한 여러 소개를 해 주었고, 그런 정우에게 믿음이 가서 상원은 동아리에 가입했다. 그의 지루한 일상에 새로운 일이 많이 생긴 날이었다. 다음 날부터 상원의 동네 탐색은 막을 내렸다. 컴퓨터 수업은 수요일에 있었지만 상원은 매일 은빛둥지로 나가서 컴퓨터를 공부하기 시작했다. 정우는 상원에게 아현을 멘토로 지정해 주었다.

"안녕하세요, 정아현입니다. 원장님께서 상원 선생님의 멘토를 저한테 부탁하셨어요. 은빛둥지는 새로운 사람이 오면 이렇게 멘토가 지정되어서 공부를 도와줍니다. 앞으로 잘 부탁해요."

"아……네, 잘 부탁합니다."

은빛둥지에서는 수요일 오후에 있는 외부 수강생들의 교육 시간을 제외하고는 모두가 모여서 컴퓨터 공부를 했다. 이제 은빛둥지의 노인들은 홈페이지를 꾸미는 웹디자인을 마치고 사진을 배우고 있었다. 디지털 카메라가 서서히 필름 카메라를 밀어내던 때였다. 하지만 노인들의 수준이 천차만별이어서 아직 인터넷 검색을 배우고 있는 사람도 있었다. 그로 인해 은빛둥지에서는 서로 가르쳐 주고 배우는 상생의 공부가 자연스럽게 정착되었다. 아현과 정희처럼 이미 컴퓨터 활용 자격증을 딴 우등생들이 배움이 더딘 회원들을 일대일로 맡아서 도움을 주었다.

정우는 교육용 디지털 카메라를 한 대 구입해 본격적으로 사진촬영 기법과 포토샵으로 편집하는 방법을 가르쳤다. 그동안 워드와 웹디자인과 같이 다소 어려웠던 과목을 공부하던 노인들에게 사진은 큰 재미를 안겨 주었다. 아현은 사진을 찍어서 컴퓨터로 옮기고 그것을 다시 포토샵으로 편집하는 과정이 마냥 신기했다. 포토샵은 영어로 되어 있어 아현에게 겁을 주었지만 반복해서 하다 보니 어느새 눈과 손에 익숙해졌다.

그렇게 2년 동안 사진을 배운 아현과 정희는 자연스럽게 사진을 이어 붙여서 초보적인 동영상을 만들기 시작했다. 그즈음 상원도 컴퓨터 활용 자격증을 취득하고 사진을 배우고 있었다. 이제 막 동영상을 배우고 있는 아현은 지속적으로 상원의 사진 공부를 도와주었다.

아현과 정희에게 사진 공부도 재미있긴 했지만 동영상은 완전히 신세계였다. 영상 편집 프로그램인 '프리미어'에서 자신이 찍은 사진을 이어 붙이니 거짓말처럼 영상이 만들어졌다. 거기다 자막까지 넣어서 한 편의 영화를 만들 수 있었다. 영상을 공부하기 시작한 아현과 정희는 영상공부에 완전히 몰입했다. 아침 7시에 나와서 밤 9시까지 하루 종일 영상공부에 빠져들었다. 정우가 걱정할 정도였다.

"좀 쉬면서 하세요. 그러다 쓰러지겠어요."

"쓰러지긴요. 요즘 영상 배우는 재미에 시간이 어떻게 가는지 모르겠어요. 예전에는 밤에 누워서 잠들려면 한참 걸렸는데 이제는 눈 감았다 뜨면 아침이에요. 이 재미를 왜 이제야 만났나 몰라."

"그래서 요즘 그렇게 자꾸 젊어지시나? 허허."

"놀리시는 거예요? 호호."

들썩이는
출사의 현장

은빛둥지 회원들을 태운 버스가 들썩거렸다. 오늘은 그 옛날부터 자리앉음새가 기가 막힌다던 고창의 선운사로 떠나는 여행이다. 은빛둥지는 사진과 영상을 배우면서 출사를 다니기 시작했다. 버스를 대절하고 식사를 하는 등 많은 비용이 들었지만 서로가 돈을 모아 해결했다. 정부와 지자체에서 컴퓨터 교육을 위탁받아 벌은 돈은 공과금 내고 커피 사면 남는 게 없었다. 점심식사와 출사 경비는 어쩔 수 없이 돈을 거둬야 했다. 그래도 출사의 현장은 늘 즐거웠다. 대부분의 출사는 역사 유적지를 택해서 갔고 그때마다 정우는 그곳의 문화 해설사를 불렀다.

"이곳이 바로 고창 선운사입니다. 백제 시절에 창건되어 수

많은 나라의 흥망과 역사적 사건을 거친 유서 깊은 절이기도 합니다."

아현은 눈을 반짝이며 문화 해설사의 설명에 귀를 기울였다. 해설사의 자세한 설명을 들으며 절 구석구석을 살펴보니 돌 하나에도 역사가 깃들어 있는 것 같았고 기왓장 하나에도 옛날이야기들이 살아 숨 쉬고 있는 것 같았다. 단아한 아름다움이 느껴지는 절 내부의 건물과 유물을 열심히 관람하고 촬영하면서 아현은 보는 즐거움과 배우는 즐거움을 동시에 느꼈다.

자연스럽게 출사는 사진과 영상을 배우고, 동시에 역사를 공부하는 입체적인 배움의 현장이 되었다. 아현은 한 달에 한 번씩 출사를 다니면서 새삼 우리나라의 역사와 문화에 매료되었다. 초등학교도 나오지 못한 채 바쁘게 살아 온 아현은 나이도 먹었는데 이제 와서 그런 걸 다시 배울 필요가 있느냐 말하곤 했다. 이처럼 65년 동안 살면서 여행 한 번 제대로 가본 적 없었지만, 출사를 다니며 한 여행이 평생 다닌 여행보다 많았다. 정희도 마찬가지였다. 출사여행을 다니며 배운 것들은 학교에서 배운 역사보다 훨씬 생생하게 다가왔다. 은빛둥지 회원들은 컴퓨터는 물론이고 문화도 온몸으로 체감하며 배우고 있었다.

"선운사는 정유재란 때 본당만을 남기고 완전히 불타버린 적이 있었습니다. 하지만 조선시대에 들어서 여러 사람들의 노력으로 다시 중건되어 지금에 이르고 있습니다."

'정말로 역사의 아픔을 간직한 곳이구나. 이런 수많은 이야기들이 담긴 역사를 옛날엔 몰랐다니 너무 아쉬운 일이다. 지금이라도 배운 것이 얼마나 다행인가.'

아현은 문화 해설사의 재미난 이야기를 들으며 유적의 스토리와 시간의 깊이를 사진과 영상에 담고 있었다. 그리고 문득, 비록 나이가 들긴 했지만 이런 활동을 하고 있는 지금이 가장 인생에서 행복한 시기가 아닐까 하는 생각을 하게 되었다.

"비 내리는 호남선, 남행열차에 흔들리는 차창 너머로 눈물이 흐르고 내 눈물도 흐르고 잃어버린 첫사랑도 흐르네……."

출사를 갔다가 돌아오는 길은 술과 함께 늘 신나는 노래가 있었다. 출사가 어찌나 재미있었는지 가족들을 데려오는 사람들도 있었다. 출사의 즐거움은 사진과 영상 공부에 많은 도움을 주었다. 출사를 다녀온 뒤로는 각자가 촬영한 사진과 영상을 보며 자체 시사회를 열었다. 그들은 시사회를 통해 서로의 부족한 부분을 알려주고 자신의 약한 부분을 배워 나갔다. 아현과 정희는 영상에 푹 빠져 있었기 때문에 주로 영상을 만들었다. 선운사 출사의 시사회가 끝날 무렵 정우가 말했다.

"스스로가 느끼시겠지만 실력이 부쩍 늘었어요. 그동안 열 번의 출사를 하면서 멋진 작품을 많이 남겼습니다. 그래서 처음으로 은빛둥지 사진전을 개최해 보려고 합니다. 모두 한 작품씩 골라서 제 메일로 보내 주세요."

정우는 사진전을 개최하기 위해 세 달 전부터 여러 공모전에 도전하여 상금을 모으고 있었다. 정부에서 주관하는 '컴퓨터 우수 교육사례 공모전'에서는 대상을 받아 5백만 원을 받았다. 그리고 '제1회 노인정보검색대회'에 출전하여 금상을 받아 상금 3백만 원을 받기도 했다. 이렇게 공모전에 출품하여 정우가 받은 상금만 약 9백만 원이 되었다. 당시 정부에서는 산업체질을 정보통신으로 바꾼다며 컴퓨터 붐을 일으키는 여러 공모전을 열고 있었다. 정우는 시민회관에서 사진전을 열기로 마음먹고 시청을 찾아갔다.

"그동안 은빛둥지에서 천 명이 넘는 시민들에게 컴퓨터 무료 교육을 해 주었습니다. 그리고 노인 학습동아리가 사진을 배워서 사진전까지 개최한다면 얼마나 많은 사람들이 지적인 자극을 받겠습니까?"

"저 혼자 결정할 수는 없고요. 과장님한테 정식으로 보고해 보고 전화를 드리겠습니다."

정우는 김형환 의원과 시장에게 축사를 요청하는 메일을 보냈다.

"존경하는 시장님, 노인정을 전전하며 공부를 이어가던 우리 은빛둥지가 시장님의 도움으로 소중한 보금자리를 얻었습니다. 그 은혜를 갚기 위해 공부에 매진한 결과 의미 있는 성과를 거두어 여러 시민들에게 선보이려고 합니다. 올해가 끝나가는 연말에 은빛둥지 사진전을 개최하니 축사를 부탁합니다."

답장은 며칠 후 왔다.

"축하드립니다, 원장님. 방금 전 문화국장이 은빛둥지 사진전 개최에 따른 장소 지원에 대해서 보고하고 갔습니다. 축사의 영광을 주셔서 감사합니다."

2006년 12월 13일. 제1회 은빛둥지 사진전이 안산시청 시민회관에서 열렸다. 시장과 국회의원이 오면서 행사의 격이 커졌다. 시장과 국회의원이 축사를 하는 까닭에 공무원들이 행사를 같이 준비해 주었다. 은빛둥지의 노인들은 감격했다. 자신들의 사진전에 시장과 국회의원이 오고 축사까지 한다는 사실이 믿기지 않았다. 은빛둥지에서 컴퓨터를 공부하기 전에는 신문과 뉴스에서나 보던 사람들이었다.

"내일 사진전이 있으니까. 꼭 한번 보러 와."

희선은 아빠가 회사를 떠난 이후로 거의 볼 수 없었던 기쁜 표정으로 자신을 사진전에 초청했었던 것을 떠올렸다. 컴퓨터 동아리가 대체 무엇이기에 매일같이 침울한 표정으로 동네 입구에 앉아 있던 아버지의 표정을 한 번에 바꾸었는지 궁금해져서 희선은 아침 일찍부터 조금 두근거리는 마음으로 화장을 했다. 그리고 행사장에 도착하여 출입구에 서 있는 아빠를 발견하고 깜짝 놀라고 말았다.

"아빠!"

상원은 딴사람 같았다. 나비넥타이를 매고 출입구에서 사람들을 안내하는 아빠의 모습은 열정과 활기가 넘쳤다. 퇴직 후 동네 탐험이 일상이 되어 버렸던 '할아버지'의 모습은 온데간데없었다. 언제나 축 처진 것 같아 안쓰럽기만 했던 어깨는 전에 없이 당당했고 손님들을 안내하는 목소리는 낭랑했다. '하고 싶은 일을 하면 사람은 변하는구나.'라는 생각에, 희선은 뭐라 말하기 어려운 벅찬 감동을 느꼈다.

한편 행사장에 들어선 명진 역시 고운 한복을 차려입고 관람객들에게 사진을 설명하는 아현의 모습을 보고 깜짝 놀랐다. 어머니께서 컴퓨터를 배우신 이후 위태위태하던 우울증도 극복하고 항상 세상 모든 것이 흥미로운 듯, 즐거움과 열정이 넘치는 모습을 보여주고 계시다는 것은 일찍이 알고 있었지만 현장의 모습은 상상 이상이었다. 명진은 어머니가 조용하고 남앞에서 이야기하는 걸 싫어하는 성격이라고 이제까지 단정하고 있었다. 하지만 행사장 안에서 아현은 끊임없이 쏟아져 들어오는 관람객들을 상대로 수줍어하는 기색도 없이 사진전을 열게 된 배경과, 사진 하나하나에 대한 설명을 당당한 몸짓과 설명으로 해 나가고 있었다. 명진은 생각했다.

'어머니께서 남 앞에서 이야기하기 싫어하는 성격이 아니었구나. 사실은 그저 사람을 만날 기회가 없었던 게 아니었을까?'

문득 명진은 어머니 앞에 부끄러워졌다. 어린 나이에 남편을 만나 오로지 가정에만 헌신하며 살아온 아현에게는 이제까지 자기계발의 기회 자체가 없었다. 그걸 좀 더 일찍 알았더라면 하는 후회가 들었다. 마지막 축사는 정우가 했다.

"우리 은빛둥지에는 대학 졸업한 사람도 있고 초등학교도 못 나온 무학자도 있습니다. 그동안 살아온 배경도 모두 다릅니다. 기업 임원 출신도 있고 공무원을 한 분도 있습니다. 반면에 한평생을 주부로 살아오다가 배우자와 사별하고 처음으로 동아리에서 사회생활을 경험하는 사람도 있습니다. 실직자도 있고 저같이 사업에 완전히 망해 노숙자였던 사람도 있습니다.

그러나 컴퓨터를 공부하면서 우리는 변하기 시작했습니다. 배움이 우리를 완전히 다른 사람으로 변화시키고 있습니다. 그 끝은 무엇인지 모릅니다.

그러나 분명한 것은 우리는 지금 즐겁고 행복하다는 겁니다. 매일 따분하게 시간을 죽이며 뒷방 늙은이로 전락한 우리들에게 다시 시간이 소중해졌습니다. 그 사실이 어린 시절에 설레임을 주던 소풍 전날처럼 또는 첫사랑을 할 때처럼 다시 우리를 설레게 합니다. 오늘 오신 분들 중에도 하루하루를 설렘 없이 보내는 사람들이 대부분일 겁니다. 평생 공부할 대상을 찾으십시오. 그리고 망설임 없이 실천해보세요. 그러면 잃어버렸던 설렘이 다시 찾아올 겁니다."

상원의 첫째 딸 희선은 정우의 축사를 듣고 눈물을 흘렸다. 희선은 아빠를 눈으로 찾았다. 출입구에서 나비넥타이를 매고 관람객들을 안내하는 아빠가 그렇게 멋져 보일 수 없었다. 형석은 노숙자였던 아버지가 다시 세상으로 나온 것 같아 쉼 없이 눈물을 흘렸다. 그 옆에 숙희도 연신 손수건으로 눈물을 닦았다.

해외를 누비며 큰 사업을 쥐락펴락하던 남편이 한순간에 모든 걸 잃고 나락으로 떨어졌을 때, 다시 일어날 수 있음에도 희망을 잃고 모든 것을 포기했을 때, 그녀는 모든 것이 끝나 버린 것 같은 깊은 절망감을 느꼈다. 하지만 정우는 돌아왔다. 비록 과거처럼 화려한 비즈니스맨은 아니지만 노인에 대한 세상의 편견을 깨고 누구든지 평생 공부하고, 평생 발전할 수 있다는 것을 보여주는 사람이 되어서 돌아온 것이다. 눈물을 감추지 못하는 엄마 옆에서 늘 밝은 명랑소녀인 손녀 지희도 코를 훌쩍거렸다. 이런 모습들을 보며 명진은 어른이 돼서 처음으로 아현을 꼭 안아 주었다.

영정사진 봉사단
출동

솔직히 숙희는 서운했다. 자신도 컴퓨터를 배우고 싶은데 정우가 권하지 않았기 때문이었다. 정우가 동아리를 만들 때에도 참여하고 싶었고 컴퓨터 교육 수강생을 모집할 때는 몰래 신청을 해 버릴까 고민을 하기도 했다. 이번 사진전을 보면서 숙희는 부러운 마음을 감출 수 없었다. 같은 또래의 친구들이 자신이 촬영한 사진작품을 관객에게 소개하는 게 그렇게 멋있어 보일 수 없었다.

"여보, 이번에 사진전 멋있더라. 내 또래도 많던데 그 사람들은 원래 컴퓨터하고 사진 좀 하던 사람들이지?"
"아니, 다 컴맹이었어. 컴퓨터 켜는 것부터 배웠지."

"그래……. 축사에서 당신이 평생 공부할 대상을 찾으라고 했잖아. 그러면 다시 설레는 마음이 생긴다면서."

"응, 그랬지."

"그런데 왜 정작 매일 같이 이불 덮고 자는 나한테는 그런 얘기 안 해줘?"

"……."

"나도 컴퓨터 공부하고 싶다고!"

"……."

정우의 대답 없음을 숙희는 무언의 찬성으로 생각했다. 다음 날 숙희는 아침 일찍부터 화장을 하고 은빛둥지로 출근하는 정우를 따라나섰다. 정우는 아무 말이 없었다. 은빛둥지에 도착하자 어색한 침묵도 아랑곳하지 않고 정희가 숙희를 반겼다.

"아니, 사모님이 여기 어쩐 일이세요?"

"아휴…… 무슨 사모님이에요. 그런 말 마세요. 저도 여기에 공부하러 왔어요."

"잘 생각하셨어요. 동아리에도 가입하시고 수요일 수업도 들으세요. 제가 멘토 해 드릴게요."

"고맙습니다."

"그런데 실례지만 몇 살이세요? 젊어 보여서요."

"젊어 보이긴요, 호호. 65살이에요."

"어, 그럼 우리 동갑이네요. 아현이도 65살이에요. 우리 셋이 편하게 친구할까요?"

"좋아요."

그렇게 숙희가 은빛둥지에 처음 온 날 삼총사 친구가 생겼다. 기억을 더듬어 보니 동갑내기 친구가 새로 생긴 건 여고를 졸업하고 처음 있는 일이었다. 정우는 말이 없었지만 숙희와 정희의 대화를 유심히 듣고 그 모습을 흐뭇하게 바라보고 있었다. 숙희는 교육장을 둘러보았다. 노인들이 빼곡히 컴퓨터에 앉아서 공부를 하고 있는 모습이 낯설었지만 부러웠다. 그들의 표정은 진지했지만 자신이 하고 싶어 하는 공부를 해서인지 모두 밝아 보였다. 참 이채로운 광경이었다.

'나도 언젠가는 혼자 저렇게 앉아서 나만의 공부를 할 수 있을까?'

정희는 숙희에게 책상과 컴퓨터를 배정해 주었다. 숙희는 인터넷 검색은 할 수 있어서 정희는 바로 한글 워드를 가르쳐 주었다. 결혼 전 한국무역협회에서 12년 동안 타이핑을 하며 사무를 보았던 숙희는 오랜만에 떠듬떠듬 쳐 보는 타이핑이 옛 친구를 만난 것처럼 그렇게 반가울 수가 없었다. 숙희가 한글 자판과 씨름하고 있는 사이 상록수동 노인정 회장이 정우를 찾아왔다.

"원장님, 사진전 아주 멋졌어요. 컴퓨터만 배우는 줄 알았더니 언제 그렇게 사진까지 배웠어요? 전문 사진작가 하셔도 되겠어요."

"과찬입니다. 컴퓨터만 배우면 재미없잖아요. 인터넷만 할 수도 없는 노릇이고. 손자하고 메일 주고받는 것도 하루 이틀이지, 조금 지나면 지겨워요. 그러다 보니 홈페이지 만들면서 거기에 넣을 사진을 찍다가 자연스럽게 사진을 공부하게 됐죠. 요즘은 사진 배우던 분들이 영상편집기로 사진들을 이어 붙여서 짧은 동영상도 만들고 있습니다. 아주 거기에 푹 빠졌어요."

"원장님 말씀 듣다 보면 저도 여기 와서 배우고 싶은 마음이 굴뚝같은데 노인정 회장을 하고 있다 보니 도무지 시간이 안 나네요. 제가 오늘 여기 찾아온 거는요. 어제 상록수동 노인정에서 단체로 사진전을 보고 왔잖아요. 그중에 한 분이 몸이 아주 편찮으신데 언제 죽을지 모르니까 영정사진 좀 찍어주면 안 되냐고 물어봐 달라고 해서 찾아왔습니다. 며칠 전에 그분이 영정사진을 찍으려고 동네 사진관에 갔는데 언제 문 닫았는지 없더래요."

"당연히 찍어 드려야죠. 제가 모레 노인정으로 갈 테니까 옷 단정하게 입고 오시라고 하세요. 그리고 원하시는 분들은 다 찍어드릴 테니까 그렇게 좀 알려 주세요."

"저도 찍고 싶은데 찍어 주실 거죠?"

"그럼요, 회장님. 그럼 내일 뵙겠습니다."

은빛둥지 회원들은 영정사진 촬영 봉사에 관한 토의를 했다. 모두 적극적으로 찬성을 했다. 그때 상원이 의견을 내놓으면서 다양한 아이디어들이 나왔다.

"그런데 사진만 찍어서 드릴 건지 액자에 담아서 드릴 건지를 생각해 봐야 하지 않을까요?"

"상원 씨 말이 맞아요. 이왕 봉사하는 거 액자까지 담아서 드리는 게 좋을 것 같습니다."

"그리고 사진 촬영 전에 화장도 좀 해 드리면 좋겠어요."

"아주 좋은 생각입니다. 그건 여자 회원님들이 전담하면 좋겠습니다."

"그런데 사진 뽑고 액자 사려면 돈이 많이 들 텐데 어떻게 하죠? 그리고 소문이 나면 분명히 다른 노인정에서도 해 달라고 할 텐데……. 상록수동 노인정만 할 건지 계속할 건지도 정해야 하지 않을까요?"

정우도 그게 걱정이었다. 상록수동 노인정의 영정사진 봉사는 남아 있는 운영비로 해결을 하면 되지만 지속적인 봉사를 하려면 더 많은 돈이 필요했다. 하지만 정우는 노인정 회장이 고마웠다. 노인정과 노인들을 위해 지속적인 봉사를 꼭 하고 싶은 것이 정우의 솔직한 심정이었다. 컴퓨터 교육봉사를 하고 있었지만 그건 정우와 보조강사 몇 사람만 하고 있는 실정이기도 했다. 은빛둥지 회원들 모두가 참여하는 봉사를 정우는 찾고 있던 터였다. 그러던 차에 영정사진 봉사는 은빛둥지 회원들이 그동안 공부한 사진촬영으로 재능기부를 할 수 있는 맞춤형 봉사였다. 정우는 결단을 내렸다.

"이참에 영정사진 봉사단을 만듭시다. 그동안 우리 은빛둥지가 무슨 봉사를 하면 좋을까 많은 고민을 해 왔습니다. 우리가 공부한 결과로 봉사를 하는 게 가장 좋은 봉사라고 생각이 됩니다. 우리만 재미있게 공부하면 무슨 의미가 있나요? 우리가 재미있게 공부한 것이 세상에 의미 있게 쓰인다면 그것만큼 좋은 봉사가 어디 있겠어요. 우리의 재미를 의미와 연결시켜 봅시다."

상록수동 노인정은 오랜만에 말끔하게 차려입은 노인들로 북적거렸다. 정희와 숙희는 메이크업을 시작했고 상원은 조명을 설치해 밝기를 조절했다. 정우와 아현은 카메라를 들고 셔터를 누르기 시작했다. 봉사단원들은 영정사진을 모두 찍고 노인정에서 준비한 국수를 같이 먹었다.

"고맙습니다. 은빛둥지 여러분! 요즘 디지털카메라와 휴대폰으로 사진을 찍기 시작하면서 동네 사진관들이 하나둘씩 없어지고 있어요. 그러다 보니 우리 같은 노인들은 영정사진을 찍고 싶어도 찍을 데가 없어서 못 찍습니다. 자식들한테 영정사진 찍을 곳 알아봐 달라고 말하기도 그렇고요. 은빛둥지가 우리에게 정말 필요한 일을 봉사해 주셨습니다. 복 받으실 거예요. 하하."

"맛있는 국수 잘 먹고 갑니다. 이 국수 면발처럼 오래오래 사시길 바랍니다."

정우의 말이 끝나고 은빛둥지와 상록수동 노인정 사람들은 '오래 살자'고 서로 덕담을 나누었다. 밖으로 나오니 서산의 해가 넘어가며 강렬한 붉은 빛을 마지막으로 쏟아내고 있었다. 누가 그랬던가. 지기 전 해가 가장 아름답다고.

아빠!
그만했으면 좋겠어

은빛둥지의 영정사진 봉사가 소문이 나면서 여기저기서 전화가 왔다. 특히 안산시 시정신문에 영정사진 봉사단의 소개 기사가 나고부터는 모든 노인정이 영정사진 촬영을 요청해 왔다. 은빛둥지의 운영비가 바닥을 보이기 시작했다. 정우는 여러 종류의 UCC 동영상 공모전에 출품해 상금을 따 오고 있었지만 그것만으로는 한계가 있었다.

"오늘 모이라고 한 것은 운영비 때문입니다. 아시는 분도 계시겠지만 영정사진 봉사가 늘어나면서 운영비가 바닥이 났습니다. 정부에서 위탁받은 컴퓨터 교육에서 수강료를 지원받고 있지만 그것만으로 은빛둥지를 운영하기에는 턱없이 부족한

게 사실입니다. 제가 공모전에 출품해 상금도 따 오고 모금도
해 보고 있지만 힘에 부칩니다. 그래서 내일부터는 무료 점심
식사 제공은 어렵겠습니다."

"어쩔 수 없지요. 그동안 잘 얻어먹었습니다. 세상에 공짜 점
심이 어디 있겠어요. 호호."

분위기가 무거워지는 것 같아 정희가 농담을 건넸지만 웃는
사람은 없었다.

"여유가 되시는 분들은 영정사진 봉사를 이어나갈 수 있게
기부를 부탁합니다."

다음 날부터 은빛둥지의 점심풍경이 바뀌었다. 그전에는 산
내들 식당에 친한 사람들끼리 가서 편하게 먹고 왔다. 그러면
한 달에 한 번 정우가 가서 결제를 해 주었다. 이제 형편이 안
되는 사람들은 집에서 도시락을 싸와서 교육장에서 먹었다. 숙
희는 정우와 은빛둥지가 걱정되었다. 그동안 집에 있으면서 정
우가 이런 고민을 하고 있는지 몰랐었다. 단지 컴퓨터 강사로

서 새로운 인생을 활기차게 살고 있다고만 생각했다. 그러고 보니 요즘 정우의 얼굴이 어두웠던 이유를 이제야 알 것 같았다. 숙희는 정우의 걱정을 어떻게 하면 조금이라도 덜어 줄 수 있을지 고민했다.

"여보, 앞으로 내가 사무와 경리 일을 할게요. 당신 혼자서 강의도 하고 사무와 경리까지 보기에는 일이 너무 많아 보이네요. 예전에 제가 회사에서 좀 해 봤으니까 잘할 수 있을 거예요. 그리고 앞으로 고민 있으면 함께 나누고 헤쳐 나가요. 우리 부부잖아요."

캄보디아 사업이 망하고 정우가 노숙자까지 되었지만 시간이 지나면서 숙희는 신혼 때보다 더 애틋한 감정을 정우에게 느끼고 있었다. 정우도 죽음의 문턱까지 가 보면서 가족의 소중함을 절실히 깨달았다. 캄보디아 사업이 망하기 전까지만 하더라도 정우에게 가족은 일 년에 몇 번만 보는 존재였다. 문득 정우는 사업을 하던 때를 떠올렸다.

"여보! 오늘은 주말인데, 평일 비행기로 돌아가면 안 되나요?"

"미안, 주말에 미팅이 있어서 오늘 먼저 돌아가서 준비해야 겠어."

"집보다 거기 더 오래 있으신 것 같지 않으세요?"

"미안해."

미안하다고 말은 했지만 정우는 무덤덤했다. 일이 있으니 어쩔 수 없다는 생각이었던 것이다. 국제 로비스트로 활동하면서 일이 우선이었고 가족은 늘 뒷전인 게 사실이었다. 정우는 삶의 밑바닥을 경험하고 나서야 그 사실을 알게 되었다. 차가운 콘크리트 바닥에 웅크려 밤을 보내기를 며칠째, '이러다가 언젠간 아무도 봐주지 않는 거리에서 죽겠구나.'라는 생각에 등골이 섬뜩하자 가장 먼저 떠오른 얼굴이 숙희였다. 문득 사업으로 잘나가고 있을 때는 한 번도 숙희의 얼굴을 떠올린 적이 없다는 사실에 정우는 놀랐다. 사업계획과 인맥 관리를 생각하느라 그에겐 통 가족이 들어올 틈이 없었다. 아마 캄보디아 사업이 잘되었더라면 그에게 가족은 영원히 후순위였을지도 몰랐다.

정우는 문득 숙희 얼굴을 돌아보았다. 스무 살의 귀여웠던 숙희는 어느새 주름 많은 60대 할머니가 되어 있었다. 가버린 세월이 참으로 야속했다. 사람이 갑자기 확 늙어 버리진 않을 텐데, 얼마나 아내에 대한 관심이 없었던가 하는 생각이 들자 정우는 그런 자신이 부끄러워졌다. 그리고 새삼스럽게 숙희가 고마웠다. 집안에 무관심했던 남편이 아쉬울 법도 한데, 그런 내색은 조금도 없이 언제나 그 자리에서 남편을 도와줄 궁리를 하는 그녀가 고마울 뿐이었다.

문득 정우는 숙희의 "우리 부부잖아요."라는 말을 떠올렸다. 큰 위로가 되었다. 숙희가 사무와 경리 일을 맡아 준다면 정우는 다른 일에 더 집중할 수 있어 큰 힘이 되는 게 사실이었다. 정우는 이제 숙희를 사무장님으로 불렀다. 이내 은빛둥지 회원들도 숙희를 사무장님으로 부르게 되었다. 아현과 정희만 빼고. 그때 정우를 찾는 전화가 왔다. 상록수동 동장이었다.

"원장님, 잘 지내시죠? 얼마 전 노인정에서 영정사진을 무료로 찍어 주셨다면서요. 오늘 어르신 한 분이 찾아와서 노인정에 다니는 사람들만 찍어 주지 말고 다른 사람들도 좀 찍어 달라고 민원이 들어왔어요. 괜찮으시다면 반상회보에 홍보를 좀 하려고 하는데 괜찮은가 해서 전화를 드렸습니다."

"네, 가능합니다. 그런데 지금 예약이 많이 밀려 있어요. 우선 주민센터에서 신청자를 좀 받아 놓으세요. 일정은 다시 저하고 조율해 봅시다. 그리고 촬영장은 우리 은빛둥지 교육장에서 하면 좋겠네요."

그나마 교육장에서 하는 게 이동경비를 줄이는 방법이었다. 영정사진 봉사는 예상했던 것보다 돈이 많이 들었다. 영정사진 촬영은 찾아가는 서비스였다. 그로 인해 이동경비가 들었고 사진 인화지와 액자 값이 만만치 않았다. 결국에는 형편이 조금 나은 회원들에게 돈을 조금씩 거둬 해결했지만 언제까지 그렇게 할 수는 없었다. 정우는 그 문제를 심각하게 받아들이고 있었다. 상원도 고민이 많았다. 어제 딸 희선이 한 말이 상원의 귓가에 계속 맴돌았다.

"아빠가 동아리 활동 하면서 컴퓨터 공부하는 건 나도 좋아. 하지만 집에서 자꾸 돈을 가져다 쓰는 건 또 다른 문제야. 아빠가 돈을 버는 사람도 아닌데 돈을 계속 쓰면 어떡하냐구. 우리 집 사정은 아빠가 더 잘 알잖아. 계속 그럴 거면 동아리 활동 안 했으면 좋겠어."

상원은 할 말이 없었다. 희선의 말이 틀린 것도 아니었다. 상원의 유일한 소득은 희선이 주는 용돈이었기 때문에 희선의 말에 대꾸를 할 수가 없었다. 그나마 노년에 기대하고 있는 국민연금은 5년이나 더 기다려야 탈 수 있었다. 영정사진 봉사단의 부단장으로서 상원은 괴로웠다. 그 직책을 앞으로 계속 유지하기는 힘들 것 같았다. 봉사는 좋았지만 부단장으로서 봉사에 필요한 경비를 더 이상은 낼 수가 없었다. 그리고 영정사진 봉사가 계속 늘어나고 있었고 그에 따라 상원이 암묵적으로 내야 하는 돈도 많아지고 있었다. 좀 더 있으면 빚내서 봉사를 해야 할 판이었다. 상원은 정우를 찾아갔다.

"원장님, 저 영정사진 봉사단 그만두려고 합니다."
"아니, 왜요?"
"제가 명색이 영정사진 봉사단 부단장인데 봉사비를 내기가 힘드네요. 제가 그동안 모은 돈이 별로 없어서 딸내미한테 용돈 받아 쓰는데 눈치가 많이 보입니다."
"그런 사정이 있으면 진작 말하지 않고선…… 지금이라도 말 잘했어요. 상원 씨는 이제 돈 신경 쓰지 말고 봉사하고 공부에만 집중하세요."

갑작스런 정우의 말에 상원은 깜짝 놀랐으나 이내 어두운 표정으로 말을 이었다.

"그렇지만 다른 회원들 눈치가 보여서……."
"우리 사이에 무슨 눈치예요. 정 그러면 공모전에 한번 나가 보는 게 어때요? 정보통신부에서 전국 정보검색대회가 열립니다. 작년에 내가 나갔는데 전년도 입상자는 참가가 안 된다고 하네요. 상원 씨도 벌써 컴퓨터 공부한 지 5년 넘었잖아요. 그리고 자격증도 취득했으니까 한번 도전해 보세요."

새로운 기회를 찾았다는 생각에 상원의 표정이 다시금 밝아졌다.

"그럼 한번 도전해 볼까요?"

전국 정보검색대회는 권위 있는 대회로 세 단계로 진행되었다. 먼저 안산시 대회에서 3등 안에 들어가면 경기도 예선 출전 기회가 주어진다. 경기도 예선의 수준은 본선과 수준이 비슷할 정도로 치열하다. 여기에서 경기도 대표로 선발되면 전국 본선에 진출할 수 있었다. 정우는 아현과 정희를 불렀다.

"정보검색대회 예선이 안산시청에서 곧 열립니다. 젊은이들과 경쟁하면 어렵겠지만 우리는 55세 이상 참가하는 노인 부문에 나갈 거니까 크게 걱정하지 않아도 됩니다. 작년에 나가 보니 노년부는 수준이 크게 높지 않아서 아현 선생과 정희 선생 수준이면 입상도 가능할 것 같아요."

"아유, 이제 걸음마 뗀 수준인데 거기를 어떻게 나가요."

"아현 선생이 무슨 걸음마 뗀 수준이에요. 아현 선생 수준이면 분명히 잘할 수 있을 겁니다. 겁먹지 말고 한번 도전해 봅시다. 입상하면 상금도 많이 준대요."

"그래, 아현아. 우리 한번 도전해 보자. 상금 타면 은빛둥지 살림살이에 보탬도 되고, 덕분에 우리는 경험도 쌓고 상도 타고 일석이조네, 뭘."

자신감이 부족한 아현은 망설였다. 하지만 상금이라는 말에 해보고 싶다는 생각이 들었다. 요즘 은빛둥지가 돈이 없어서 운영이 힘들다는 걸 알고 있었다. 그리고 정희와 함께라면 두려움이 덜할 것 같았다.

"상원 씨! 이리 와 보세요. 아현 선생과 정희 선생도 출전할 거니까 셋이서 같이 공부해 봐요. 제가 작년에 출제되었던 문제 뽑아 놨으니까 올해도 이런 유형으로 나올 겁니다. 선생님들이 이제 은빛둥지의 대표선수입니다. 명예를 걸고 해 봅시다."

"원장님. 너무 부담 주신다. 이러다 떨어지면 우리 은빛둥지에서 쫓겨나는 거 아니죠? 호호."

"그럴지도 모르죠. 허허."

정우는 내심 입상하기를 기대했다. 대회를 준비하고 시험을 치는 경험을 통해 그들이 한 단계 더 성장하리라 믿었다. 그리고 상금이 다른 대회보다 컸기 때문에 은빛둥지 살림에 도움이 되기를 바랐다. 상금은 금상 5백만 원, 은상 3백만 원, 동상 2백만 원이었다. 안산시 대회까지는 23일이 남았다. 대회요강을 보니 인터넷 검색과 한글 문서작성이 핵심 문제로 출제되었다. 세 명은 집중적으로 인터넷 검색과 한글을 공부하면서 모르는 것은 서로 가르쳐 주고 도왔다. 마침내 안산시 대표를 뽑는 예선이 열렸다. 정희는 괜찮았지만 아현과 상원은 많이 떨었다. 보다 못한 숙희가 약국에서 우황청심환을 사 왔다.

"아현아, 너 그렇게 떨다가 시험에도 떨어지면 어쩌려고 그래…… 호호."

"나 지금 장난할 기분 아니거든. 진짜 떨려…… 자격증 시험 볼 때보다 더 떨리네……."

"자, 우황청심환 사 왔으니까 이거 좀 먹으면 괜찮을 거야. 마음 편하게 가져. 그만큼 공부했으면 꼭 예선 통과할거야. 파이팅!"

의외로 가장 먼저 시험장을 나온 건 아현이었다. 정우는 아현의 표정을 살폈지만 표정만 봐서는 잘 본 건지 못 본 건지 알 수가 없었다.

"시험이 이렇게 쉬워도 되는 건가요? 호호."

아현의 자신감 있는 농담에 정우는 긴장이 조금 풀렸다. 조금 지나니 정희와 상원도 나왔다. 표정이 밝았다. 정우는 완전히 긴장을 풀었다. 일주일 후에 결과가 나왔다. 정우가 안산시청 홈페이지에서 결과를 찾아보고 있는데 여기저기서 박수 소리가 들렸다.

"세 명 모두 안산시 대표로 뽑혔답니다. 은빛둥지 만세!"

숙희의 밝은 목소리였다. 경기도 대회는 수원에서 보름 후에 있었다. 평생을 경기도에 살았지만 아현은 경기도청에 처음 와 봤다. 도청의 큰 정문과 건물을 보고 아현은 첫 시험보다 더 떨었다. 이번에도 숙희는 우황청심환을 준비했다. 다행히 모두들 시험을 잘 봤다고 했다. 결과 발표 날. 은빛둥지에 또다시 함성과 박수소리가 울렸다. 세 명 모두 본선에 올랐다. 본선까지 올라가니 상원은 욕심이 났다.

'한번 해 볼 만하겠는데……. 내가 1등을 할 거야. 꼭. 상금을 타면 희선이한테 보란 듯이 용돈을 주고 나머지는 은빛둥지에 기부할 거야. 이제 25일 남았다. 떨어지더라도 후회는 하지 않게 최선을 다하자. 상원아!'

그날부터 상원은 공부에 매진하기 시작했다. 집에서는 계속 정보검색대회 예상문제를 펴놓고 풀었다. 가족들이 모두 잠든 시간에도 딸의 책상에 앉아 조용히 스탠드 불빛에 의존해 밤늦게까지 문제를 푸는 모습이 일상이 되었다. 가족들은 깜짝 놀랐다. 실직자 생활이 길어지면서 잠만 늘어가던 상원이었다. 동네 탐색이 지겨워지면 낮이든, 밤이든 방에 누워 등을 돌리고 잠을 청하던 상원. 아내는 그런 그를 향해 게으름뱅이 남편이라고 역정을 내며 집에서 쫓아내다시피 한 적도 있었다. 밤새워 공부를 하는 상원의 모습을 보면서 가족들은 그가 게으른 것이 아니라 그저 하고 싶은 일을 찾지 못했던 것뿐이라는 것을 깨달았다.

마침내 본선 당일, 서울대학교에서 열리는 본선에는 모든 은빛둥지 회원들이 응원을 갔다. 정우가 말렸지만 회원들은 플래카드까지 준비했다.

'금상은 은빛둥지! 은상도 은빛둥지! 동상도 은빛둥지! 4등은 몰라유.'

아현과 정희가 시험을 끝내고 손을 잡고 같이 나왔다. 그런데 상원이 나오지 않았다. 상원은 지쳐 보이는 얼굴로 시험 감독관과 함께 나왔다. 정우는 걱정이 되었다.

"왜, 무슨 문제 있었어요?"

"아니요. 시험 빨리 끝내고 실수한 거 있는지 시험 끝날 때까지 계속 봤어요. 이번이 마지막이니까, 정말 마지막이라는 심정으로 최선을 다했습니다."

결과는 한 시간 후에 공지가 되었는데 시상식을 위해서 입상자만 휴대폰 문자 메시지로 먼저 알려왔다.

"축하합니다. 박상원 씨. 금상입니다."

"축하합니다. 정아현 씨. 은상입니다."

"축하합니다. 최정희 씨. 동상입니다."

서울대가 생긴 이래 처음으로 노인들의 함성이 캠퍼스에 크게 울려 퍼졌다.

컴맹에서
컴퓨터 강사로 변신

　금상을 수상하고 집으로 가는 상원의 발걸음은 가벼웠다. 상원은 현관문을 열다가 다시 닫았다. 희선에게 용돈을 주고 싶었다. 상금은 시상식 후에 통장으로 입금을 시켜준다고 했었다. 집 앞의 은행에서 2백만 원을 인출했다. 주머니가 두둑하니 마음이 두둑해졌다. 제과점에서 생크림 케이크도 하나 샀다. 집에 케이크를 사서 가는 건 처음이었다. 실직하고 잃어버렸던 가장의 기분을 다시 느낄 수 있었다. 젊은 시절 월급날 기분 좋게 소주를 한 잔 걸치고 아이들에게 줄 통닭을 사서 가는 기분과 같았다. 아내와 희선은 놀라워했다.

　"우아……. 이게 다 뭐야. 케이크를 다 사오시고."

"이거 봐봐."

상원이 대통령 상장을 꺼내 보이자 두 명의 눈동자가 동그랗게 커졌다. 대통령의 이름이 박힌 상장을 상원이 가져왔다는 것만으로도 두 사람에게는 크나큰 놀라움이었다.

"대통령 상장…… 대박! 아빠 실력이 이 정도였어?"
"그럼, 인마. 내가 말을 안 해서 그렇지. 동아리 가서 매일 노는 줄 알았니. 하하. 그리고 이거 받아. 당신도 받고."

상원이 손에 든 봉투를 아내 앞에 내밀자 아내는 봉투를 잠시 만져 보더니 더욱 놀라워했다.

"캬!"
"용돈이야. 다른 데 쓰지 말고 옷 사 입어."
"살다 보니 이런 날도 오는구나. 당신 공부하더니 참 많이 변했어."

그날 상원의 집에서는 오랜만에 다정한 말들이 오고 갔다.

상원은 나머지 돈을 은빛둥지에 기부했다. 정우가 아현, 정희, 상원을 따로 불렀다.

"이번에 참 큰일 하셨습니다. 상금도 많이 기부해 주시고. 덕분에 당분간은 영정사진 봉사를 걱정 없이 할 수 있게 되었습니다. 수상자 특전으로 정부에서 인증하는 컴퓨터 강사 인증서를 받았을 겁니다. 벌써 안산시 평생학습관에서 강사 요청이 들어왔어요. 컴퓨터 기초 활용과정이니까 충분히 하실 수 있겠죠?"

"와! 잘됐다. 수요일 수업 때 원장님 보조강사 하면서 저는 언제 진짜 강사를 해보나 생각했는데 드디어 해보네요. 다 원장님 덕분입니다. 고맙습니다, 원장님."

사람들 앞에서 말하기를 좋아하는 정희는 무척 기뻐했다. 아현도 기분 좋은 눈치였다. 그러나 상원의 표정은 심상치 않았다.

"전 못 하겠습니다."

"……."

"보조강사 할 때도 보셨겠지만 저는 사람들 앞에서 말하면 얼굴이 홍당무가 됩니다. 가슴이 심하게 두근거리고……. 다른 건 다 해도 그거는 정말 못 하겠습니다."

상원은 완강히 거부했다.

"정보검색대회 때도 엄청 떨린다고 하더니 금상 탄 사람이 누구더라."

정희가 놀렸지만 상원은 심각했다. 상원은 직장생활 할 때도 술자리에서 건배 제의를 시키는 상사가 가장 미웠다. 술자리가 있는 날이면 미리 건배사를 준비해 외워 갔다. 그러나 막상 사람들이 상원만 쳐다보고 있으면 머릿속이 하얗게 되었다. 그래서 그런지 상원은 동료들보다 진급이 느렸다. 정우는 상원을 다시 불렀다.

"상원 씨가 여기 처음 올 때를 생각해 봅시다. 전국 정보검색 대회 나가서 금상 받을 거라고 생각했어요?"
"아니요. 처음에는 그냥 시간 때우려고 왔죠."
"우리 은빛둥지 회원들을 한번 보세요. 오래전부터 공부하신 분들이 대부분이잖아요. 그런데 왜 그분들보다 늦게 배운 상원 씨가 금상을 받았겠어요?"

"그야……, 최선의 노력을 다했으니까요."

정우는 상원을 똑바로 쳐다보며 부드럽지만 강한 어조로 설득하듯 말을 이어나갔다.

"최선의 노력! 단순하지만 그게 정답입니다. 재능이 있는 것보다 더 중요한 것은 최선의 노력을 다하는 겁니다. 그런 사람이 어느 분야에서건 최고가 됩니다. 우리나라에서 최고 대우를 받는 강사들의 비결은 1시간 강의를 위해서 20번 이상의 실전과 같은 리허설을 통해 강의 내용을 완전히 자기 것으로 만들어 버리는 거랍니다. 그리고 나면 출발선에서 총소리만 기다리는 100미터 육상선수처럼 빨리 강단으로 뛰쳐나가고 싶어지는 거죠. 상원 씨도 최선의 노력을 해보고 나서 포기를 생각했으면 좋겠습니다."

'최선의 노력이라…….'

정우의 말에 상원은 흔들렸다. '최선의 노력'이라는 말이 귓가에 계속 맴돌았다. 그 말을 되뇌다 보니 '한번 해보자'라는 자신감이 조금씩 생겨났다. 상원은 정우를 찾아갔다.

"원장님, 안산시 평생학습관에 개설된 '인터넷 기초 활용반'을 제가 한번 지도해 보겠습니다."
"잘 생각하셨습니다."

수업은 2주 후에 시작되었다. 상원은 정우의 교안을 바탕으로 최신 자료를 추가해 자기만의 교안을 만들었다. 날마다 교육장 앞에 서서 프레젠테이션 화면을 띄워 놓고 실전과 같이 리허설을 했다. 처음에는 하다가 말이 꼬이고 말문이 막혔지만 점점 더 자연스럽게 말이 나왔다. 하루에 10시간 이상을 9일 동안 하니까 자신감이 생겼다. 정우의 말처럼 빨리 강단에 서서 자신의 강의를 해보고 싶어졌다. 신기한 일이었다. 평생 동안 남 앞에 서는 걸 가장 두려워했던 상원이었다.

'그러고 보니 난 남 앞에 서는 것을 두려워하고 피하기만 했지, 한 번도 최선의 노력을 다해서 남 앞에서 말하는 것을 연습

해 본 적이 없었어. 그냥 늘 빨리 그 순간이 지나가기만 바랐지. 그게 문제였어.'

　상원의 첫 강의. 정우는 수강생들에게 양해를 구하고 상원의 강의를 촬영했다. 수업이 끝나고 정우는 조용히 상원에게 촬영한 강의 영상을 보여 주었다. 처음에 긴장한 상원의 얼굴은 점점 부드러워졌고 목소리는 자신감이 있어 보였다. 남들 앞에 서면 늘 얼굴이 빨개지던 증상도 없어졌다. 상원의 강의에 고개를 끄덕이는 수강생들이 많았다. 영상을 다 본 상원은 말할 수 없는 희열을 느꼈고, 빨리 강단에 다시 서고 싶었다.

세계
최고령
기업의
비밀

직원 평균나이 70살.

3장

평생현역이
된
꽃할배

할매!
영화감독이 되다

    은빛둥지에 컴퓨터 강사로 활동하는 사람들이 점점 많아졌다. 그래서 정우는 정부와 지자체에서 위탁하는 컴퓨터 강의를 더 많이 신청해서 웹디자인, 엑셀, 파워포인트, 포토샵, 동영상 제작 등 5개 반을 운영하게 되었다. 강사들은 강의료의 일부를 은빛둥지의 운영자금으로 기부했다. 형편이 조금 나아졌다. 혼자서 강의를 전담하던 정우도 시간적 여유가 생겼다. 바쁜 와중에도 틈틈이 영상제작 공부를 하던 정우는 영화제 출품을 준비하기 시작했다. 전국에서 개최되는 영화제를 알아보다가 안산시에서 열리는 상록수영화제를 발견하고 출품을 준비했다. 그러나 전문적으로 영화를 만들어 본 경험이 없는 정우에게는 어려운 작업이었다.

'이렇게 주먹구구식으로 해서는 안 되겠어. 전문가한테 직접 배워야지.'

인터넷 검색을 통해 정우는 영화진흥위에서 운영하는 6개월 과정의 영상제작교육에 수강을 신청했다. 그때부터 고생길이 열렸다. 자동차가 없던 정우가 안산에서 서울까지 가기 위해서는 버스와 전철을 몇 번이나 갈아타야 했다. 몸은 힘들었지만 영상제작 실력은 하루가 다르게 나아지고 있었다.

그동안 프리미어와 같은 영상편집기를 위주로 공부했기에 영상제작이 전체적으로 어떻게 이루어지는지는 알 수 없었다. 마치 장님이 코끼리 만지는 것과 같은 느낌이었다. 하지만 정우는 이 수업을 들으면서 시나리오 구성과 기획, 편집, 영상과 음악 등 전반적인 영상제작 체계와 방법을 알게 되었다. 또한 무료로 영상제작을 교육해 주는 기관들에 대한 알찬 정보도 얻었다.

정우는 은빛둥지로 영상제작 전문가들을 초빙해 회원들과 같이 교육을 들었다. 한창 영상제작에 재미를 느끼고 있던 회원들에게 교육의 효과는 매우 컸다. 멀어서 안산까지 오기 힘들다고 하면 강사가 있는 곳까지 찾아가는 열성도 보였다. 그럴 때면 강사들은 부모님과 같은 노인들을 열성을 다해 가르쳐 주었다. 배움의 열정에 감동한 강사 중에는 자발적으로 휴일에 은빛둥지에 찾아와서 재능기부 강의를 해주는 사람도 있었다.

"일 년 동안 집중적으로 영상제작 교육을 받았습니다. 저도 힘들었고 여러분들도 힘들었습니다. 하지만 재미있었습니다. 이제 우리의 실력을 보여줄 때가 왔습니다. 작년에 제가 상록수 영화제에 도전하려다가 포기를 했어요. 왜냐면 막상 단편영화를 만들려고 해보니 막히는 점이 한두 가지가 아니었거든요. 이제는 저도 여러 교육을 받고 공부하면서 자신감이 생겼습니다. 전국적으로 지자체에서 개최하는 여러 영화제가 많이 있습니다. 한번 도전해 봅시다!"

"네!"

정희의 목소리가 가장 컸다. 사실 정희는 작품 구상을 이미 해놓았다. 창가의 책상을 두고 있던 정희는 어느 날 건너편에 마주 보이는 건물의 갈라진 벽돌 틈 사이에서 힘겹게 싹을 틔우며 올라오는 망초를 발견했다. 망초는 국화와 닮은 한해살이

풀이다. 정희는 왠지 망초가 자신의 처지와 비슷하다는 생각을 했다. 힘겹게 싹을 틔우는 모습이 할머니가 되어서 처음으로 컴퓨터를 힘겹게 배우던 그때와 같다는 생각이 들었다. 그때부터 정희는 망초에게 애정을 쏟으며 매일매일 조금씩 촬영을 했다. 마침 전문적인 영상제작 교육을 듣기 시작하던 때였다.

'나의 인생과 망초가 어쩜 이렇게 닮았을까? 벽을 뚫고 힘겹게 싹을 틔우는 모습, 비를 맞으면 풀이 죽지만 내일이면 다시 활짝 피어 웃는 것 같은 모습까지도 나를 닮은 것 같아.'

위기도 있었다. 여름에 장마가 오면서 큰 빗줄기가 벽을 타고 무섭게 내려올 때는 망초가 쓸려가 버리는 줄 알고 마음이 조마조마했었다. 흙 한 줌 없는 벽 사이에 죽을힘을 다해 뿌리를 지탱하고 있었을 망초를 생각하니 마음이 아려왔다. 망초는 결국 살아남았고 움츠렸던 줄기가 다시 일어섰다. 어느새 무던히도 더웠던 여름이 지나고 가을이 찾아왔다. 그날도 어김없이 망초를 촬영하던 정희는 하마터면 카메라를 떨어뜨릴 뻔했다.

"아현아! 이리 와 봐! 망초 꽃이 갑자기 쑤욱 올라오더니 카메라 쪽으로 활짝 피었어."

"와! 정말 샛노란 꽃이 피었네. 예쁘다."

"나는 여태까지 꽃이 조금씩 조금씩 올라와서 피는 줄 알았는데 저렇게 한 번에 확 피는 걸 이제야 알았네. 신기하다!"

"그런데 너 저거 촬영했어?"

"그럼, 아직 카메라 돌고 있잖아. 그런데 너무 놀라서 떨어뜨릴 뻔했어."

"나중에 좋은 작품 나오겠는데……. 기대된다, 정말."

그러나 화무십일홍(花無十日紅)이라 했던가. 꽃은 딱 9일을 가더니 가을 아침의 찬 서리에 져 버렸다. 그리고 정희의 망초는 서서히 사그라들었다. 이제는 늙어버린 자신을 보는 것 같아 정희의 마음은 서늘했다. 그리고 올해 들어 가장 춥다던 11월의 어느 날, 망초는 스스로 고개를 꺾어 버렸다. 그날 정희는 하루 종일 완전히 꺾여 버린 망초를 바라보다 하염없는 눈물을 흘렸다. 봄날에 따스한 햇볕이 창가로 들어올 때 망초가 정희의 마음에 들어왔다. 정희는 망초에게 생기를 불어넣었고 망초는 생명으로 보답했다. 이제는 가버리고 없지만 정희는 망초를 위해 좋은 작품을 만들겠노라고 다짐을 했다.

"정희야! 이번에 서울에서 '제1회 서울노인영화제'가 열린대. 망초 이야기로 출품해 봐."

"고마워, 아현아. 어디에 출품할까 고민하고 있었는데 잘됐다. 너는 출품 안 하니?"

"난 조금 더 다듬었다가 상록수영화제에 출품하려고. 참, 원장님도 서울노인영화제 출품하신다고 하던데."

"그럼, 우리 경쟁자네. 호호."

정희는 '나의 망초 이야기'라는 영화 제목을 정하고 출품을 했다. 큰 기대를 걸지 않았던 정희는 출품을 까맣게 잊어버리고 또 다른 영화를 만들고 있었다.

"최정희 감독님 맞습니까?"

"네? 제 이름이 최정희가 맞긴 한데…… 감독은 아닌데요. 누구세요?"

"저는 서울노인영화제 사무총장입니다. 축하드립니다. 심사 결과 최정희 감독님이 대상으로 선정되었습니다."

"……."

은빛둥지에 경사가 났다. 정우는 감독상을 받았고 상원은 장려상을 받았다. 시상식은 정희와 망초가 처음 만났던 벚꽃 날리는 봄날에 있었다. 시상식을 마치고 은빛둥지 교육장으로 돌아와 들뜨던 마음을 가라앉힌 정희는 다시 흥분하기 시작했다. 갈라진 벽돌 사이로 다시 망초가 싹을 틔우고 있었다. 지난해 망초가 고개를 꺾었던 바로 그 자리였다.

'죽지 않았었구나. 내가 잘못 알고 있었던 거구나. 그렇게 추위에 웅크리고 있다가 모진 한겨울 추위를 견디고 다시 일어났구나. 반갑다, 망초야. 아니…… 정희야.'

사회적기업의
탄생

정희는 상금 전액을 은빛둥지에 기부했다. 정우와 상원도 마찬가지였다. 그것은 은빛둥지만의 암묵적인 약속이었다. 거기에 불만을 표시하는 사람도 많았다. 하지만 그 필요성에는 대체로 공감을 했다. 가끔 생기는 기부금마저 없으면 은빛둥지는 문을 닫아야 할 판이었다.

은빛둥지 회원은 날이 갈수록 늘어만 갔고 영정사진은 이제 한 해에 5천 명까지 촬영을 해주고 있었다. 앞으로 회원을 받지 않든지 영정사진 봉사를 끊을지를 고민해야 할 정도로 재정 상황은 열악했다. 정우는 고민이었다.

'언제까지 이렇게 버틸 수 있을까? 언제까지 개인이 공모전과 영화제를 통해 받은 상금을 내놓아야 하나? 결국 돈을 벌어야 한다. 이렇게 공모전으로 돈을 버는 것은 분명한 한계가 있어. 지속적인 수입원을 만들어야 해.'

  상원도 지쳐갔다. 여러 공모전과 영화제에서 상을 타 오지만 상금은 거의 전액을 은빛둥지에 기부하고 있었다. 회원이 늘어나면서 오히려 매달 운영비를 더 보태고 있었다. 수입이 전혀 없는 상태에서 운영비까지 내려다 보니 큰 부담이 되었다. 정보검색대회에서 금상을 수상하고부터는 아내와 딸이 불만을 말하지는 않지만 눈치가 보였다. 컴퓨터 교육 강의를 진행하고 받는 돈도 기름값과 밥값을 빼면 별로 남는 게 없었다. 그리고 은빛둥지의 크고 작은 행사가 있을 때 거의 모두 상원의 차로 이동을 했다. 물론 기름값 지원은 없었다.
  하지만 상원은 묵묵히 일을 진행할 수밖에 없었다. 얼마 전에 상원은 은빛둥지의 부원장이 되어 불만을 토로할 수 없는 자리에 있었던 것이었다. 이런 열악한 상황 속에서 상원은 더더욱 집과 은빛둥지를 위해서 돈을 벌고 싶었다. 이러한 현실을 타개할 방법을 찾기 위해 이런저런 생각을 하고 있던 상원을 정우가 불렀다. 평소와는 다르게 흥분된 목소리였다.

"부원장님, 오늘 신문에서 사회적기업 지원제도가 2007년부터 생긴다는 보도가 나왔어요. 그래서 노동부 홈페이지에 들어가서 자세하게 내용을 읽어 보니까 우리한테는 아주 딱 맞는 제도고 좋은 기회라는 생각이 들었습니다."

"사회적기업이라…… 기업은 그냥 기업이지. 사회적기업은 뭡니까?"

"일반 기업은 이익만 추구하잖아요. 그런데 사회적기업은 이익이 생기면 인건비와 기업 재투자금을 제외하고는 어떠한 형태로든 사회에 환원을 해야 하는 겁니다. 그리고 일자리도 노인이나 장애인 등 취약계층에게 우선 제공하도록 되어 있어요. 그래서 기업 앞에 '사회적'을 붙이는 거죠."

상원은 조금은 심드렁한 표정으로 정우의 말에 대답했다.

"그렇게 하면 회사가 망할 것 같은데요?"

"그래서 정부에서 10명까지 인건비 전액을 지원해 주고 공공기관 판매 우선권을 준다고 하네요."

"인건비 전액을요? 이거는 무조건 해야겠는데요!"

"그런데 노동부 심사기준을 보니까 여간 까다로운 게 아니에요. 준비를 단단히 해야겠어요."

두 사람과 은빛둥지에게 예상치 못한 기회였다. 당시 정부에서는 대대적으로 사회적기업에 대해 홍보를 하고 있었다. 2030년까지 사회적기업 3천 개와 10만 명의 사회적기업가 양성이 목표라고 했다.

이런 시대적 상황 속에서 정우는 사회적기업은 하늘이 내려주신 기회라고 생각했다. 은빛둥지는 비영리단체이지만 사실상 사회적기업과 똑같은 일을 하고 있었다. 시민들에게 컴퓨터 무료 교육을 진행할 뿐만 아니라 영정사진 봉사를 통해 지역사회에 많은 공헌을 하고 있었고 요즘은 여러 기관에서 행사를 할 때 촬영 봉사까지 해주고 있었다. 정우는 발 빠르게 노동부 홈페이지에서 사회적기업 인증 심사 서류를 다운받았다.

'이게 사회적기업이긴 하지만 수입이 발생하지 않으면 일반기업처럼 망하는 거는 똑같은데……. 휴, 뭐로 돈을 벌어야 하나? 우리가 할 수 있는 게 뭐가 있을까? 그래! 영상을 파는 거지. 그리고 지금처럼 컴퓨터 교육기관도 수입원이 되는 거고. 요즘 케이블 TV도 많이 생기고 지역방송도 있으니까 거기다 팔면

될 거야.'

정우는 사회적기업의 이름을 은빛둥지로 했다. 학습동아리
가 사회적기업으로 바뀌더라도 서로 공부로 뭉치는 마음을 지
속적으로 이어간다는 점을 고려했다. 지원서의 업종란에는 '영
상콘텐츠 판매와 컴퓨터 교육'이라고 적었다. 정우는 회원들과
여러 날을 새워 가며 지원 서류를 준비했다. 특히 사무장을 맡
고 있는 숙희의 도움이 컸다. 이제 숙희는 은빛둥지에 없어서
는 안 될 사람이 되어 있었다.

"그런데, 원장님! 사회적기업 직원 10명을 무슨 기준으로 뽑
나요?"

아현이 물었다.

"영상콘텐츠를 제작해서 판매하는 기업이니까 당연히 영상
제작을 할 수 있는 분들이 되어야겠죠."

정우의 말에 아현이 당황스러운 듯 대답했다.

"지금 영상을 만들 수 있는 분이 7명밖에 안 되는데요."

"그거야, 뭐 간단하죠. 사회적기업에 참여하려는 분에게 영상을 가르쳐야죠. 사회적기업을 하더라도 동아리는 계속 운영합니다. 거기서 영상제작능력을 키워서 사회적기업으로 모셔 오는 거죠."

"아! 그러네요."

은빛둥지가 탄생한 지 7년이 되었다. 처음에는 21명으로 시작했지만 지금은 177명으로 회원이 늘어나 있었다. 그러나 안타깝게도 초창기 회원은 7명밖에 남지 않았다. 많은 분들이 돌아가셨고 자식들을 따라 이사를 간 사람도 많았다. 초기 회원 7명은 모두 영상을 제작하는 능력을 가지고 있었다. 그 외에 은빛둥지의 회원은 170명이었다. 이들 중에는 가볍게 컴퓨터를 배우면서 친구를 사귀려고 온 사람도 있었고, 열정을 갖고 공부를 지속적으로 하는 사람도 있었다.

정우는 지원 서류 마감일에 맞추어 접수를 했다. 한 달 후에 결과가 공지가 되었다. 정우는 떨리는 마음으로 결과를 클릭했다. 세 번째에 은빛둥지 이름이 보였다. 기쁜 마음이었지만 현장 실사와 심사위원 면접심사가 남아 있어 긴장을 놓지는 않았다. 현장 실사에서는 그동안의 교육실적과 공모전, 영화제 수상실적을 인정받아 높은 점수를 받았다. 문제는 심사위원 면접이었다. 면접 심사위원은 대부분 교수로 구성되었다. 정우가 면접에 참가했다.

"영상물을 제작한다는데 그게 사실입니까?"

"네."

"노인들이 자체적으로 공부를 해서 영상을 만드는 건 좋은 일이긴 합니다. 그런데 노인들이 만든 영상이 상업적으로 잘 팔릴까요?"

"심사위원님, 지금 방송환경을 보십시오. 과거와는 다르게 방송매체와 콘텐츠가 굉장히 다양해졌습니다. 앞으로는 더 많은 분야의 영상콘텐츠가 소비될 겁니다."

"글쎄요. 그래도 노인들이 만든 콘텐츠를 살까 의문이 계속 드네요."

"아무래도 그런 편견이 있을 겁니다. 여기 은빛둥지에서 만든 영상이 있는데 한번 보시겠습니까?"

"시간이 없어서 영상을 보지는 못할 것 같네요."

"네, 하지만 한 가지만 기억해 주십시오. 모든 사람은 곧 노인이 된다는 걸 말입니다.”

 심사위원들의 편견 가득한 시선이 힘들고 안타까웠지만 어쩔 수 없었다. 그게 세상 사람들이 노인에게 갖는 편견이라고 정우는 생각했다. 그 교수는 세상 사람들과 똑같은 편견을 가진 보통 사람 중 한 명일 뿐이었다. 하지만 어쨌든 면접심사에서 그런 일이 있었으니 정우는 불안했고 결국엔 그날 밤 잠을 설치고 말았다. 진인사대천명, 모든 노력을 다했으니 이제 하늘에 맡길 뿐이었다.

 다음 날 결과가 노동부 홈페이지에 공지되었다. 지난밤 걱정을 애써 뒤로하고 정우는 결과 확인 버튼을 눌렀다. 다행스럽게도 결과는 걱정하던 것과는 달랐다. 그렇게 은빛둥지는 사회적기업으로 인증을 받았다. 정우는 조금은 자신감을 찾은 목소리로 산내들 식당에 전화를 걸었다.

 “오늘 저녁 7시에 잔치할 거니까 다른 손님 받지 마세요. 막걸리 좀 넉넉하게 받아 놓으시고…… 하하.”

 정우는 문득 그간 해 온 일들을 되돌아보았다. 전 재산을 투자한 사업이 망해서 60살의 나이에 노숙자까지 되었던 정우는 투자금 하나 없이 오직 공부를 통해 다시 기적과 같은 사회적 기업을 일구었다. 이제 그의 나이 70살이었다.

꿈을 찾아서
만주를 달리다

영상콘텐츠를 만들어 팔려면 품질로 승부해야 했다. 이제는 동아리 수준이 아니라 영상을 판매하는 전문 기업의 수준이 되어야 한다고 정우는 생각했다. 아직은 직원들의 수준 차이가 많았다. 아현, 정희, 상원은 영화제에서 입상할 정도의 수준이 되었지만 다른 이들은 초보적인 수준에 머무르고 있었다. 정우는 프로젝트를 기획하고 있었다. 하나의 영상제작 프로젝트를 가지고 모두가 공동 작업을 하면서 수준을 고르게 하고 싶었다.

'어떤 프로젝트가 좋을까? 기존의 방송사에서는 관심이 없지만 꼭 필요한 공익적인 영상 콘텐츠가 있으면 좋을 텐데……'

정우는 시간을 내어 도서관에 들렀다. 도서관에서 대여해 주는 공익 다큐멘터리 콘텐츠들을 각 분야별로 여러 개 대여했다. 인문학, 자연과학, 사회과학, 예술……. 다양한 분야의 다양한 콘텐츠들을 감상하고 분석했지만 이렇다 할 대안이 쉽사리 떠오르지 않았다. 좋은 콘텐츠라고 생각되는 것은 이미 여러 번 다루어져 희소성이 떨어진다는 느낌이었다. 그렇게 이런저런 생각을 하고 있는 정우의 어깨를 정희가 툭 쳤다.

"뭘 그렇게 골똘히 생각하세요? 영정사진 봉사 출발준비 다 됐어요. 가시죠, 원장님!"

오늘은 상록수동 주민센터에서 영정사진 봉사가 있다 보니 여러 노인들이 와 있었다. 정우는 좋은 생각이 떠올랐다.

'콘텐츠라는 게 결국 이야기잖아. 이야기는 노인에게 많은 법이지. 그래, 맞아!'

영정사진 봉사 시작 전, 주민센터 강당을 가득 메운 노인들 앞에 선 정우는 공손히 인사한 후 입을 열었다.

"안녕하세요. 라정우입니다. 우리 은빛둥지가 영상을 만드는데요. 여러 사람들에게 알리고 싶은 이야기가 있으면 좀 알려주세요. 지금은 잊혔지만 사회적으로 알고 있어야 할 중요한 이야기면 참 좋겠습니다."

정우의 말이 끝났지만 강당은 조용했다. 반응하는 사람이 아무도 없었다. 정우는 내심 기대하는 양 강당을 한번 훑어보았지만 입을 여는 이도, 손을 드는 이도 없었다. 안쪽에 앉아 있던 할아버지 한 분이 뭐라 말하려는 듯 움찔거렸으나 곧 고개를 돌렸다. 본능적으로 저분에게 무언가 있지 않을까 하는 생각이 정우의 머릿속을 스쳤지만 본인이 말할 의사가 없다면 억지로 끌어낼 수는 없는 것이었다. 아쉬웠지만 정우도 발길을 돌렸다. 그렇게 영정봉사는 시작되었고 성황리에 끝났다.

영정사진 봉사가 끝난 후 장비를 챙기고 차에 타려고 하는데 한 분이 정우를 불렀다. 정우는 그의 얼굴을 기억하고 있었다. 아까 무언가 말하고 싶은 게 있다는 듯 움찔움찔하다가 고개를 돌려버린 할아버지였다. 정우는 뛸 듯이 반가운 마음을 감추고 입을 열었다.

"무슨 일이세요? 할아버지."

"아까 전에 이야기를 하고 싶었지만 집안 이야기라서 말을
못 했습니다. 저는 염석주의 15촌 조카 염규택입니다. 염석주
라는 분은 독립운동을 하셨어요. 여기 안산에서 대지주였지요.
상록수 주인공 최용신이 일본유학 갈 때 학비도 이분이 다 대
주셨거든요. 독립자금도 많이 지원하셨고요. 결국에는 만주로
건너가셔서 거기서 독립운동을 하시다가 반역자의 밀고로 동
대문 옥사에서 고문 받다가 돌아가셨어요. 그런데 보훈처에서
는 독립운동 증거가 부족하다고 독립운동가로 인정도 안 해줘
요. 참 억울한 일이죠. 이런 게 이야기가 되는지 모르겠지만 제
가 죽기 전에 잊혀 진 역사적 진실을 꼭 세상 사람들한테 알리
고 싶습니다."

뭔가 이야기를 해 줄 것이라는 건 예상하고 있었지만 예상외
의 엄청난 이야기가 나와 정우는 놀랐다. 독립운동가의 이야
기, 그리고 최용신! 정우는 문득 할아버지를 떠올렸다. 염석주
라는 분의 이야기는 놀랄 만큼 정우의 할아버지 이야기와 닮아
있었다. 독립군 군자금을 대다가 밀고로 일제 옥중에서 생을
마치신 할아버지의 생전 모습을 떠올리자 잊힌 독립운동가, 염

석주라는 인물의 이야기가 남의 이야기처럼 보이지 않았다.

게다가 최용신과 관계가 있다는 대목도 정우의 흥미를 돋웠다. 어찌 보면 자신이 안산으로 오게 된 게 운명이 아닐까 하는 생각마저 들었다. '상록수'에서 보여 주었듯이 농촌 계몽과 민족 부흥을 위해 일생을 바쳤던 최용신 선생을 존경하여 그의 행적을 좇아 안산으로 오게 된 정우 아니었던가? 이 안산에서 최용신 선생의 활동과 관련된 숨은 독립운동가의 이야기를 듣게 될 줄이야!

하지만 정우는 신중했다. 과거의 이야기를 다큐멘터리로 만들려면 철저한 검증이 필요했기 때문이었다. 그럼에도 불구하고 이 이야기는 정우의 가슴속에 깊숙이 다가와 자리 잡고 있었다. 정우는 할아버지에게 깊이 인사하며 입을 열었다.

"고맙습니다. 그런 이야기를 찾고 있었어요. 다큐멘터리로 찍으면 참 좋겠네요. 은빛둥지에 같이 가서서 좀 더 많은 이야기를 들려주세요. 대작이 나올 것 같은 예감이 듭니다."

은빛둥지로 돌아오자마자 정우는 염석주가 어떤 인물인지 여러 자료를 수집해 기초적인 조사를 시작했다. 먼저 그는 서울대학교 도서관을 방문하여 만주독립운동사 관련 자료를 모두 뒤져보았다. 그리고 국가보훈처 사료를 뒤적이는 것은 물론 국가문서보관소까지 뛰어다녔다. 결코 쉽지 않은 작업이었다. 하지만 수많은 문서들을 뒤진 결과 국가문서보관소에서 염석주와 긴밀한 관계를 맺었다는 최용신의 일본 유학 시절에 관한 기록을 찾아내는 데에 성공했다. 거기에는 실제로 '염석주'라는 인물이 수차례 등장하고 있었다. 또한 '염석주'라는 인물이 최용신의 일본유학을 물심양면으로 지원했다는 서술 역시 수차례 드러나 있었다.

정우는 뛸 듯이 기뻤지만 이것이 끝이 아니었다. 최용신의 일본 유학 기록을 뒤지던 정우는 중요한 단서를 찾아냈다. '추공농장'이라는 단서였다. 염석주가 만주 독립군 군량미를 공급하기 위해 개발했다는 60만 평의 농장! 속속들이 드러나는 단서에 힘을 얻은 정우는 안산시 독립운동가 협회와 염씨 종친회도 찾아갔다.

"염석주 선생님의 자취를 찾겠다는 분이 있다니, 정말 고맙습니다."

"과찬입니다. 추공농장에서 직접 일하신 분의 제보를 받다니

감사할 따름입니다."

안산시 독립운동가 협회에서 정우는 뜻밖의 인물을 만나 돌
파구를 얻었다. 그곳에서 직접 일한 주의득 선생의 생전 녹음
테이프를 최용신의 제자였던 김우경 선생으로부터 제공받은
것이다. 테이프는 많이 손상되어 있었다. 정우는 디지털 파일
로 변환해서 심혈을 기울여 복원을 하였다. 복원 결과 염석주
의 조카 규택의 말은 사실이었다. 더 이상 머뭇거릴 필요가 없
었다. 정우는 결단을 내렸다.

"이제 우리는 프로가 되어야 합니다. 우리 스스로 독창적인
영상콘텐츠를 기획하고 제작해서 세상에 내놓을 수 있어야 합
니다. 잊힌 이야기! 그러나 꼭 알아야 할 이야기! 이런 이야기를
우리가 만들어 봅시다.
염석주의 15촌 조카 염규택 선생의 제보로 무려 일 년 동안
미친 듯이 돌아다니며 잊힌 독립운동가 염석주를 조사했습니
다. 조사를 하면 할수록 그분을 다큐멘터리로 꼭 찍어야겠다
는 확신이 들었습니다. 이 프로젝트가 언제 끝날지는 모르겠습
니다. 하지만 우리는 사회적기업가입니다. 우리가 아니면 누가

하겠습니까? 1차 자료조사는 끝났어요. 이제 중국 대련으로 가서 염석주의 발자취를 찾아봅시다."

누구도 강요하지 않았지만 은빛둥지 멤버들은 그달 월급을 고스란히 제작 경비로 기부를 했다. 정우는 미안했다. 하지만 이번 프로젝트를 통해서 사회적기업 은빛둥지가 알을 깨고 세상으로 나오는 계기가 될 거라고 믿었다. 촬영 일정은 8일로 잡았다. 은빛둥지는 첫 해외 촬영을 앞두고 분주했다. 중국행을 앞두고 국내에서는 계속해서 염석주와 관련된 자료를 찾고 관련된 사람들을 인터뷰했다. 이제 인터뷰한 사람의 수가 100명이 넘어갈 정도였다.

정우는 대련에 거주하는 조선족 가이드를 섭외하고 철저한 촬영 계획을 잡았다. 숙희는 여권을 비롯해 촬영에 필요한 물품들을 꼼꼼히 챙겼다. 정우와 정희를 빼고는 모두 처음으로 여권을 만들었다. 출국하기 전 은빛둥지는 오산시에 있는 염석주의 묘에 가서 제를 올렸다. 묘는 너무나도 초라해 정우는 절로 마음이 무거워졌다. 동행한 염규택이 말했다.

"묘가 이곳에 모셔질 때까지 3번이나 도시계획으로 이장을 당한 수난을 겪었습니다."

염석주의 묘비를 보는 정우는 그 말에 심히 부끄러움을 느꼈다. 정우는 이번 촬영을 반드시 성공하여 잊힌 독립운동가를 수많은 사람들에게 알리겠다는 의지를 가슴 깊이 담고 조심스럽게 절을 올렸다.

"이제나마 왔습니다. 용서하소서. 큰 어른이시여. 우리의 장도를 굽어살피소서."

그렇게 계획된 날이 왔다. 은빛둥지 멤버들은 드디어 모든 준비를 마치고 만주 대장정에 올랐다. 중국 촬영에서 가장 중요한 것은 염석주가 운영한 독립군 식량기지 '추공농장'을 찾는 것이었다. 대련에 도착한 은빛둥지는 현지 가이드를 만난 후 그와 동행하여 바로 추공농장을 찾아 나섰다.

정우는 사료와 인터뷰를 통해 몇 군데 예상지를 선정해서 왔다. 하지만 만주 땅이 얼마나 넓은가? 사료에서 보고 말로만 듣던 것과는 큰 차이가 있었다. 특히 오랜 세월이 흐르면서 행정구역이 바뀌고 곳곳에서 공사까지 진행되어 찾기가 무척 어려웠다. 심지어 날씨도 도와주지 않았다. 한겨울의 만주 날씨는 한국과 비교할 바가 못 되었다. 삭풍이 몰아치고 수시로 모래 바람이 일어 서 있는 것조차 힘들었다. 그들은 만주 벌판 3,000리를 6일 동안 찾아 헤맸지만 추공농장을 찾을 수 없었다. 이틀 후면 한국으로 돌아가야 하는 상황에서 이제 마지막 예상지 한 곳이 남았다. 그곳은 오상시 충하진이었다.

구글 어스를 통해 인근의 지리를 확인한 정우는 60만 명 규모의 대규모 경작지라면 그곳이 가장 적합하다고 생각했었다. 정우의 기대를 안고 은빛둥지를 태운 버스는 충하진으로 들어섰다. 곳곳의 기와집과 정겨운 돌담이 문득 우리네 농촌마을의 풍경과 닮아 있어 정우의 기대는 증폭되어 갔다.

'어쩌면 여기가 맞는 것 아닐까?'

미리 봐둔 지역에 도달한 정우는 인근에 수소문하여 동네에서 가장 나이가 많은 조선족 어르신을 찾아갔다. 한국에서 왔다고 하니 자연스럽게 한국말을 하면서 은빛둥지 일행을 무척 반겼다.

"어르신, 혹시 염석주라고 들어 보셨어요? 여기서 독립운동 하면서 추공농장을 운영했다고 하던데요."

"잘 찾아왔구먼. 우리 가족이 모두 거기서 일을 했지."

정우의 눈이 커졌다. 기대가 드디어 현실이 되었다. 놓치면 큰일이라는 듯 상원은 재빨리 카메라를 꺼내서 촬영을 시작했다. 어르신은 염석주의 독립운동에 관한 일들을 놀라울 정도로 또렷이 기억하고 있었다. 어르신의 인터뷰 속 체험담을 통해 잊힌 염석주의 독립운동사가 드디어 정확하게 꿰맞추어졌다. 아현은 한국에서 준비해온 수저세트를 어르신에게 선물로 드리며 고마움을 전했다.

쓰러진 자!
다시 일어서다

충하진에서 큰 성과를 거둔 은빛둥지는 염석주에 대해서 여러 자료를 가지고 있다는 조선족 향토 사학자를 만나기 위해 다시 길림성 시내로 떠났다. 중국에서의 마지막 일정이었다. 추공농장 현장답사까지 다녀오는 바람에 날은 저물어 벌써 새까만 밤이 되었다. 은빛둥지가 늦게 도착한 까닭에 문을 연 상점이 없었다. 어쩔 수 없이 길가에서 인터뷰를 진행하기로 했다.

정우는 마이크를 들고 정희가 카메라를 가져오기를 기다렸다. 그런데 카메라를 가지고 온 정희가 물건을 내려놓는 순간 꽝! 하는 굉음이 들렸다. 이게 대체 무슨 일인가 싶어 잠시 정신이 멍해졌던 정우가 다시 정신을 차리고 보니 정희가 저 멀리 쓰러져 있는 모습이 눈에 들어왔다. 하필이면 정희가 카메라를 운반해오는 그 순간 근처를 지나던 운전자가 술에 만취해 길 위로 돌진한 것이었다. 강행군으로 지친 정희는 미처 돌진하는 차를 피할 수가 없었다. 상황을 파악하자마자 가이드는 긴급하게 병원으로 전화를 걸었고 정희는 앰뷸런스에 실려 응급실로 옮겨졌다.

"정희야! 눈 좀 떠봐. 정희야……."

아현은 애타게 정희를 불렀지만 눈을 뜨지 못했다. 외상은 없어 보이는데 이상한 일이었다. 병원에서 CT를 촬영한 결과가 나왔다. 의사는 뇌가 손상되었고 언제 깨어날지 모르겠다고 했다. 정우는 다급히 현지 영사관에 사고 소식을 알리고 도움을 요청했다. 영사관의 적극적인 도움으로 다행히 정희를 서울에 있는 세브란스병원으로 옮길 수 있었다. 그때까지 정희는 깨어나지 못했다. 곧바로 정밀검사가 진행되었다.

"환자의 뇌에 큰 충격이 가면서 소뇌와 대뇌 사이에 있는 뇌간이 손상을 입었습니다. 이럴 경우에 혼수상태의 증상이 자주 나타나게 됩니다. 다행히 출혈은 멈추었지만 지금 바로 수술을

해야 됩니다. 보호자는 확인서 잘 읽어보시고 수술을 결정해주
세요."

예상치 못했던 비보에 당황하던 아들 대원이 확인서를 읽어
본 후 바로 서명을 했고 정희는 수술실로 들어갔다. 가족들은
애써 눈물을 감추며 한마음 한뜻으로 정희의 수술 성공을 기원
했다.

"할머니, 수술 잘하고 와……. 할머니는 착한 일 많이 해서
하나님이 꼭 살려주실 거야. 할머니 사랑해요."

현수는 할머니 손을 꼭 잡았다. 맞벌이하는 아들 내외를 대
신해 현수를 업어 키운 할머니였다. 현수의 눈물이 정희를 덮
고 있는 하얀 시트에 뚝뚝 떨어졌다.

한편 은빛둥지는 침울했다. 누구 하나 말을 하지도, 걸지도
않았다. 중국에서의 취재는 성공적이었으나 예상치 못한 큰 사
건의 여파가 은빛둥지를 어둡게 덮고 있었다. 숙희만 말없이
분주하게 뛰어다녔다. 병원비가 약 3억 원이 나와 가만히 손 놓

고 있을 수가 없는 상황이었다. 중국은 의료보험이 되지 않아 그곳에서의 치료비가 상당 부분을 차지했다. 누군가는 현실의 문제를 해결해야 했다. 그렇게 숙희는 3일을 잠도 자지 않고 산재처리 서류를 준비했다. 숙희의 헌신적인 노력으로 업무를 수행하다 발생한 사고로 인정받아 정희의 병원비는 전액 산재처리가 되었다. 사회적기업 직원이 아니었으면 어림도 없는 일이었다. 정우는 가슴을 쓸어내렸다. 숙희의 헌신적인 노력이 감사할 따름이었다.

한편 현수는 학교도 가지 않고 할머니를 지켰다. 수술은 무사히 잘 끝났지만 할머니는 여전히 깨어나지 않고 있었다. 밤을 새운 까닭에 현수는 꾸벅꾸벅 졸고 있었다.

"현수야…… 현수야……."

비몽사몽 속에서 현수는 누군가 자기를 부르는 목소리를 들었다. 꿈속에서 할머니가 자기를 부르는 소리인 듯싶었다. 하지만 문득 떠오르는 생각에 혹시나 싶어 눈을 뜬 현수는 할머니와 눈이 마주쳤다. 할머니가 또렷하게 눈을 뜨고 자신을 바라보고 있다는 것을 그 순간에서야 인식할 수 있었다. 깨닫는 순간 눈시울이 뜨거워졌다.

"할머니 깨어나셨네. 고마워 할머니, 깨어나 줘서."

현수가 울고 정희도 울었다. 할머니는 힘겹게 손을 들어 올려 현수의 눈물을 닦아 주었다. 이내 정신을 차린 현수가 의사를 불렀다. 의사 역시 놀라는 눈치였다.

"천만다행이에요, 할머니. 자, 그럼 간단한 검사를 해 볼게요. 눈을 감았다 떠 보세요. 팔 움직여 보시고요. 엄지발가락 움직여 보세요. 재활만 잘 하시면 다시 카메라 들 수 있을 것 같네요."

침울했던 은빛둥지에 다시 웃음꽃이 피었다. 현수에게 정희의 소식을 들은 아현과 숙희는 눈물을 흘리며 조용히 서로를 안아 주었다. 며칠 사이 부쩍 늙어 보이는 아현과 숙희였다. 정희는 두 달을 더 병원에 있다가 은빛둥지로 돌아왔다.

"병원에 두 달 있더니 얼굴이 더 좋아졌다, 애."

숙희의 말에 정희가 웃었다.

"그러니? 젊으나 늙으나 얼굴 좋다는 말은 다 좋은가 봐. 카메라가 얼마나 그리웠는지 몰라."

정희가 돌아오면서 침울했던 사람들은 다시 활기를 찾았다. 어수선한 분위기 때문에 지지부진하던 다큐멘터리 제작도 마지막 속도를 올렸다. 그 후 은빛둥지는 추가 촬영을 위해 4번 더 중국에 다녀왔다. 드디어 2년 만의 긴 촬영과 기다림 끝에 '대지의 진혼곡: 염석주를 찾아서'가 완성되었다.

안산시 시민회관에서 공개 시사회가 열렸다. 초등학생부터 노인들까지 다양한 사람들이 모여들었다. 시사회에 참석한 모든 사람들은 스크린에 몰입했다. 다큐멘터리가 끝나는 순간 뜨거운 기립박수가 이어졌다. 정우는 출구에서 일일이 관객들과 인사를 나누었다. 그때 대학생으로 보이는 한 청년이 정우에게 다가왔다.

"혹시 감독님이세요?"

"네."

"그 이후로 염석주 선생은 독립운동가로 인정을 받았나요?"

"우리가 다큐를 찍기 시작하면서 안산 지역에서 염석주를 재조명하자는 여론이 일어났죠. 그래서 염석주 기념사업회가 만들어졌어요. 그리고 기념사업회에서 보훈처에 독립운동 유공 훈장을 건의했고 지금 심사 중에 있습니다. 그리고 다음 달에는 안산시에 염석주 기념관이 문을 엽니다."

"우아! 정말 잘됐네요. 오늘 사실 크게 기대하지 않고 왔는데 큰 감동을 받았습니다. 정말 뜨거운 가슴으로 보았습니다. 고맙습니다. 감독님."

이후 은빛둥지는 '대지의 진혼곡: 염석주를 찾아서'를 상록수 영화제에 출품하였고 영예의 대상을 수상했다. 그리고 KBS의 요청에 의해 광복 65주년 특별방송으로 전국에 방영되었다. 그로 인해 지역방송국을 포함해 무려 12곳에 콘텐츠를 공급하는 쾌거를 이루었다. 사회적기업이 생긴 이래 처음으로 직원들은 성과급을 받았다. 정희가 정우에게 말했다.

"염석주가 쓰러진 나를 일으켜 세우고, 은빛둥지도 일으켜
세웠네요."

보물섬
발견

　은빛둥지는 다큐멘터리를 2년간 협업하면서 노인기업이라는 한계를 스스로 깨고 영상제작 전문기업으로 탈바꿈을 했다. 2년의 제작기간은 길고 험난했지만 그들에게는 큰 유산을 남겼다. 개인의 역량에 따라 차이가 많았던 영상제작수준을 평준화시키면서 전문가 수준으로 확 끌어올린 것이다. 그로 인해 그들은 한 분야만 아는 아마추어가 아니라 영상기획, 시나리오, 촬영, 편집, 배송까지 한 명이 모든 작업을 수행할 수 있는 프로 영상제작자가 되었다.

　다큐멘터리는 입소문을 타고 여러 방송국에 팔렸지만 그걸로 끝이었다. 영상콘텐츠는 지속적으로 만들고 있었지만 팔리지가 않았다. 정우와 상원은 판로를 개척하기 위해 케이블 방송국을 찾아다니며 영업활동을 시작했다. 그러나 그들을 반기는 곳은 없었다. 대부분의 방송국 PD들은 노인에 대한 편견을 은근히 드러냈다. 상원은 지쳤다.

"원장님, 생각만큼 쉽지가 않네요. 염석주 다큐가 팔려 나가기 시작할 때는 희망이 보였는데…… 그걸로 끝인가 봅니다. 제작비 때문에 앞으로 그런 대작은 다시 만들기도 힘들고……. 참 답답합니다. 노인들이 만들었든 청년이 만들었든 똑같은 영상인데 왜 그렇게 편견을 갖고 우리 작품을 보는지."

"세상 인심이 그런 걸 어떡합니까. 그들을 탓할 게 아니라 우리 스스로 그 편견을 깨야지요. 지금껏 그래 왔듯이 분명히 우리에게 맞는 틈새시장이 있을 겁니다."

정우와 상원은 다시 길을 나섰다. 이번에는 케이블 방송 '복지TV'를 찾아갔다.

"안녕하세요, PD님. 영상콘텐츠 제작기업 라정우입니다."

정우가 PD에게 명함을 건넸다. 젊은 PD는 명함을 자세히 들여다보더니 최기현이라는 이름 석 자가 적힌 자신의 명함을 정우와 상원에게 건넸다. 명함을 건넨 후 최기현 PD는 은빛둥지의 명함을 보고 작은 감탄을 보였다.

"와우! 노인 영상제작 전문기업이네요."

"네, 얼마 전에는 다큐멘터리를 만들어 KBS에 공급하기도 했습니다."

"그러시군요. 제 꿈이 평생 현역 감독으로 사는 겁니다. 죽는 그날까지 카메라 메고 다니면서 세상을 담고 싶은 거죠. 제 꿈을 앞서 이루신 분들이네요. 저도 퇴직하면 은빛둥지에 취직해야겠는데요. 받아주실 거죠? 하하."

"그럼요. 혹시 오늘 저녁식사 괜찮으세요? 벌써 저녁식사 시간이 됐네요."

"네, 그러시죠. 요 앞에 순대국밥 기가 막히게 하는 데 있어요. 거기로 가시죠. 먼 걸음 하셨으니 제가 대접하겠습니다."

순대국밥이 푸짐하게 나왔다. 배가 고팠던 상원은 냉큼 깍두기를 얹어 한 숟가락을 입에 넣었다. 순대국밥의 구수함과 깍

두기의 상큼함이 고단한 하루의 피로를 잊게 해주었다. 뱃속이 든든해지니 마음이 든든해졌다. 거기에 소주 한 잔을 걸치니 몸이 뜨끈해졌다.

"막상 회사는 만들었는데 영상을 만들어도 팔 데가 마땅치 않아요. 노인이 만들어서 그런지 사 주지를 않아요. 이러다 곧 간판 내려야 하는 거 아닌지 모르겠습니다."

조금의 술기운을 빌어 기현은 성신에게 푸념을 했다.

"네, 그런데 주로 어떤 영상을 만드세요?"
"노인들이 만드니까 공익적인 게 많죠."

상원의 말을 들으며 조금 고민하던 기현은 좋은 게 생각났다는 듯 입꼬리를 올리며 말을 이었다.

"사실 저도 여기 취직하기 전에는 프리랜서로 영상을 만들었거든요. 그때는 저도 많이 힘들었습니다. 영상을 만들어도 팔리지가 않으니까. 기껏해야 공모전에 출품해서 먹고 살았죠.

그런데 여기 취직해서 틈새시장을 뒤늦게 알게 되었습니다. 여기에서 처음 맡은 직책이 시청자코너 담당 PD였거든요. 그때는 신청자도 없는데 이런 걸 왜 하나 싶었죠. 알고 봤더니 방송진흥법에 각 방송사는 필수적으로 시청자코너를 운영해야 된다고 나와 있더라고요. 그런데 이걸 아는 시민들이 많이 없다 보니 신청을 잘 안 해요."

그 말을 듣자 정우의 표정도 밝아졌다. 어두운 터널 속에서 한 줄기의 빛을 발견한 느낌이었다.

"그럼 우리가 만든 영상을 그 코너에 신청을 하면 되겠네요."

"바로! 그겁니다. 지금 방송사가 얼마나 많습니까. 25분 영상이면 100만 원을 주라고 법에 정해져 있어요. 한 명이 한 달에 3개만 만들어도 300만 원을 버는 거죠."

"오늘 식사는 우리가 꼭 사야 되겠는데요. 정말 고맙습니다, PD님."

"다 아는 거 알려드린 것밖에 없는데요, 뭘. 나중에 은퇴하고 은빛둥지에 취직하려면 점수 많이 따 놔야죠, 하하."

정우는 은빛둥지에 오자마자 방송진흥법을 찾아보았다. 최기현 PD가 말한 내용을 어렵지 않게 찾을 수 있었다.

'방송사는 시청자가 방영을 요청한 영상물을 방영해야 할 의무가 있다.'

다음날 정우는 은빛둥지 회의시간에 이 사실을 알렸다.

"시청자는 방송사에 자신이 만든 영상콘텐츠 방영을 요청할 권리가 있습니다. 단 정치성이 없어야 되고 공익적인 내용을 담고 있어야 됩니다. 25분짜리 하나 만들면 100만 원 받아요. 우리에게는 보물섬과 같은 시장인거죠. 우선 지금까지 만들어 놓은 영상콘텐츠를 보내봅시다."

드디어 은빛둥지는 그들만의 틈새시장을 찾았다. 그동안 만들어 놓은 12개의 영상콘텐츠를 여러 방송사에 분산하여 보냈다. 조마조마한 심정으로 채택을 기다렸고 거짓말처럼 12개 모두 방영되었다. 염석주 다큐멘터리는 '사회적기업 은빛둥지'의 이름으로 팔았지만 이번에는 각 제작자의 이름으로 콘텐츠를 팔았다.

　다른 사회적기업은 사장이 한 명 있고 나머지는 직원의 개념으로 운영된다. 하지만 은빛둥지는 한 명 한 명이 콘텐츠를 직접 만들고 공급해 수익을 창출해내는 구조였기 때문에 직원이 아닌 모두가 사장이고 사회적기업가였다. 그날 산내들 식당에서 거한 회식이 열렸다. 정우가 일어섰다.

　"길이 보이지 않았는데 이제 길이 보입니다. 처음에는 이 길이 아닌가? 하는 걱정도 많이 들었습니다. 여러 사람들이 그 길의 끝은 막혀 있을 거라고 했죠. 그래도 우리는 열심히 길을 만들며 여기까지 왔습니다. 돌이켜보니 우리가 힘들게 걸어왔던 길은 어느새 걷기 좋은 오솔길이 되어 있었습니다. 이제 우리 뒤를 따라오는 사람들은 이렇게 말을 할 겁니다. '그곳에 길이 있다. 그곳에 탄탄대로가 생겨났다.'라고 말입니다. 그동안 참 고생들 하셨습니다."

휴먼북
정우 씨

    은빛둥지의 주요 수입은 방송사 시청자코너에 판매하는 영상콘텐츠에서 나왔다. 그것만으로도 탄탄한 수입을 벌었지만 정우는 좀 더 다양한 영상콘텐츠 판로를 개척하고 싶었다. 사회적기업은 '공공기관 우선 판매권'의 혜택이 있다. 강제사항은 아니지만 그 제도를 잘 활용한다면 또 다른 시장을 개척할 수 있었다. 정우는 정부기관에서 개최하는 행사의 홍보영상에 주목했다. 부가가치가 큰 시장이고 무엇보다 기업 커리어에 큰 도움을 줄 수 있었다. 마침 국가평생교육진흥원에서 전국평생학습박람회를 연다는 소식이 들려왔는데, 다음 주에 안산시청에서 최운실 국가평생교육진흥원장의 강연이 예정되어 있었다. 정우는 기회라고 생각을 했다.

"원장님, 강연 잘 들었습니다. 은빛둥지의 라정우라고 합니다."

"아! 반갑습니다. 은빛둥지 이야기는 노인평생학습 우수사례로 제가 여러 번 이야기를 들었습니다."

"은빛둥지는 학습동아리로 출발해서 지금은 영상제작 기업이 되었습니다. 시월에 대구에서 평생학습박람회를 연다고 들었는데 행사 홍보영상을 은빛둥지에서 만들어 보고 싶습니다."

"원장이 마음대로 하는 것은 아니고요. 나라장터라는 홈페이지에 홍보영상 입찰 공고가 나갑니다. 그때 지원을 하시고 공평하게 심사를 받으셔야 합니다. 단, 사회적기업이면 우선구매권이 있으니까 다른 업체와 비슷한 점수를 받는다면 가능성이 있겠지요."

"자세하게 알려주셔서 고맙습니다. 원장님."

"좋은 소식 기다리겠습니다."

원장이 말한 대로 나라장터에 홍보영상 입찰 공고가 나왔다. 영상은 15분 분량을 준비해야 했으며 이에 대해 제작비 7백만 원이 지원되었다. 역시 홍보영상은 부가가치가 높다고 정우는 내심 생각하며 입찰을 꼼꼼히 준비해 입찰 신청을 했다. 입찰 마감일이 지나고 얼마 안 있어 국가평생교육진흥원에서 전화가 왔다.

"안녕하세요. 저는 박람회 홍보 담당자입니다. 이번에 홍보 영상 입찰에서 은빛둥지가 선정되었습니다. 축하합니다."

"고맙습니다. 그런데 입찰 신청 업체가 많이 있었나요?"

"아니오, 단독입찰이었습니다. 그래도 은빛둥지가 자격이 안 됐으면 떨어졌을 텐데 심사위원들로부터 높은 점수를 받고 선정이 되었습니다. 서울 양재역에 진흥원이 있는데 내일 방문 가능한지요? 원장님께서 직접 홍보영상제작 방향에 대해 설명을 하시겠다고 합니다."

다음 날 정우는 계약서를 쓰고 평생교육진흥원장과 만났다.

"결국 해내셨네요. 참 잘 됐습니다. 평생학습으로 기업을 일군 은빛둥지가 박람회의 홍보영상을 만든다는 것 자체가 시민들에게 평생학습의 중요성과 의미를 깨닫게 해 줄 거라는 생각이 듭니다. 이번 평생학습박람회는 계절과 사람의 성장을 이으려고 합니다. 봄은 유년, 여름은 청년, 가을은 중년, 겨울은 노년인데 그 성장과정에서의 평생학습 역할이 주요 테마인 거죠."

"네, 좋은 아이디어네요. 테마에 맞게 잘 제작하도록 하겠습니다."

"그리고 평생학습박람회를 하면 홍보전시관을 운영하는 데 은빛둥지도 참여하셔서 시민들에게 많은 배움의 기회를 주시면 좋겠네요."

"저희야 좋죠. 우리가 노년에 공부하며 걸어온 발자취도 시민들에게 보여주고 자연스럽게 기업홍보도 하고요. 참여하도록 하겠습니다."

대구시 금호강변에서 박람회가 열렸다. 하늘은 맑았고 날씨는 선선했다. 금호강 구름다리 밑에는 아이들의 유쾌한 발 굴리기로 오리배가 통통거리며 지나가고 있었다. 그곳에는 박람회다운 분주함과 설렘이 있었다. 개막식에 앞서 은빛둥지가 만든 홍보영상이 상영되었다. 영상을 만든다고 한 달 동안 많은 고생을 했지만 대형 스크린에 나오는 영상을 보고 있자니 맑은 가을 하늘만큼이나 기분이 좋았다. 개막식이 끝나고 정우는 홍보 전시관 부스로 갔다. 바로 옆에는 군인들이 부스를 지키고 있었다.

"안녕하세요, 어르신. 저는 김정진 중사입니다. 군에서 발명 동아리를 운영하고 있습니다. 여기에 전시된 것들이 동아리 회원들이 만든 발명품입니다. 박람회 기간 동안 이웃사촌이 되었네요. 잘 부탁합니다."

"훈련하랴, 발명하랴 대단하시네요. 우리도 학습동아리로 시작해 지금은 영상제작을 하는 사회적기업을 운영하고 있습니다."

"우와! 학습동아리를 통해 사회적기업이 되었다니 놀랍네요. 힘들지는 않으세요?"

"힘들긴요. 얼마나 재미있는데요."

노인과 군인. 서로 이질적인 관계지만 정우와 정진은 금세 친해졌다. 독특한 환경에서 공부를 하고 성과를 이룬 공통의 경험이 서로에게 호감을 주었던 것이다. 저녁 6시, 첫날 축제가 끝났다. 그들의 긴 대화도 끝났다. 정진은 정우가 '휴먼북(사람책)'이라 생각했다. 그의 살아온 이야기는 흥미진진한 지혜들이 듬뿍 담긴 한 권의 책이었다. 정진은 정우에게 저녁식사를 제안했다. 정우의 지혜가 탐났기 때문이다. 둘은 박람회장 식당에서 파전과 막걸리로 다시 대화를 이어 나갔다. 정우는 이제 정진에게 편하게 말을 놓았다.

"어떻게 노인들이 학습동아리를 통해 사회적기업가로 변화될 수 있었습니까?"

"그건 내가 의도한 바가 아니었어. 우리를 그렇게 이끌고 간 것은 공부의 재미였지. 우리가 운이 좋았던 것이 처음부터 생소한 컴퓨터를 공부 대상으로 택한 거지. 처음 우리 목표는 인터넷 검색하면서 자기가 필요한 병원 정보 찾고 뭐 이런 정도였어. 그러다 조금 더 나아간 것이 손자한테 메일 보내는 거였지. 그런데 막상 그 단계에 딱 올라가서 그것만 하니까 금방 지겨워진 거야. 그래서 다른 공부를 또 찾아 나선 거지. 그래서 뭘 더 배울까 고민하다가 사진을 배우기 시작했고 영상까지 배우게 됐지."

"영상을 배우고 나서는 어떤 변화가 있었습니까?"

"놀라운 변화가 일어났지. 영상을 배우고부터는 노인들이 무아지경으로 몰입되었어. 내가 놀랐다니까. 원래 그 사람들은 취미생활로 배우는 거였거든. 노인들이 인터넷 검색하고 사진 찍는 거하고는 차원이 완전히 다른 새로운 재미를 경험한 거야. 거기다 영상콘텐츠는 바로 돈으로 직결되잖아. 그때 마침 사회적기업 제도가 생겨서 바로 만들어 버렸지."

"재미가 그렇게 중요한가요?"

"나도 몰랐어. 노인이 되어 보니까 세상 사는 게 재미가 없어. 공원 벤치에 멍하니 앉아 있는 노인네들이 왜 그러는지 알아. 도무지 재미있는 일이 없거든. 벤치 옆에서 젊은 애들이 뽀뽀하고 끌어안고 해도 재미가 없어. 감흥이 없는 거지. 세상사다 아는데 뭐가 재미있겠어. 아이들한테 재미없는 거 시켜봐. 조금 하다가 딴생각하고 또 조금 하다가 때려치워 버리지. 왜? 재미가 없으니까. 그래서 부모는 애가 무엇에 재미를 느끼는지 잘 찾아줘야 돼. 그게 부모의 역할이지. 애나 어른이나 재미를 느끼면 몰입을 하게 되어 있고 몰입하면 그 일을 잘하게 되는 거잖아. 나는 은빛둥지 노인들한테 그들이 경험해 보지 못한 새로운 재미를 찾아준 거지. 죽을 때까지 지겨워지지 않는 재미를 말이야. 그것밖에 한 게 없어. 할머니들이 그런 말을 해. 나이 70살이 되어서 이제야 자기 재능을 찾았다고 그래. 초등학교도 안 나온 할머니가 영화감독이 되어 버렸으니까. 말 다 한 거지."

"그럼 재미만 찾으면 될까요?"

"아니지, 그 재미가 의미와 연결이 되어야지. 그 의미라는 것은 나에게 행복을 주고 누군가에게도 도움을 줄 수 있어야 해. 그래야 지속적인 재미가 발생하지. 그렇지 않으면 그 재미는 곧 소멸해 버리고 말아. 그들이 하나같이 말하는 게 뭔지 알아? 지금이 인생에서 재미와 의미를 처음으로 동시에 찾았기 때문에 가장 행복하다는 거야."

　10시, 식당 문이 닫히고 그들은 아쉬워하며 마지막으로 그곳
을 걸어 나왔다. 금호강은 달을 가득 품고 있었고, 정진은 정우
에게서 지혜를 가득 채웠다. 인생의 나침반이 될 소중한 책을
만난 느낌이었다. 정진은 언젠가 기회가 되면 정우의 이야기를
세상 사람들에게 널리 알려야겠다는 생각을 하며 홀로 금호강
의 구름다리를 거닐었다.

풍문으로 들었소:
아현의 전성시대

"국가평생교육진흥원에서 제1회 단편 영화제를 개최합니다. 청년감독들도 많이 출품하고 있다는데 우리의 실력을 객관적으로 평가받아 보는 좋은 기회입니다. 저도 지금 한 작품을 출품하려고 합니다. 은빛둥지가 최고상은 못 받더라도 최다 출품을 하는 도전정신을 보여주었으면 좋겠습니다."

아현은 숙희의 메일을 읽었다. 가슴이 살짝 두근거렸다. 무언가에 도전하겠다고 마음먹으면 아직까지 떨리는 아현이었다.

'무슨 작품을 만들어 볼까? 어떤 이야기를 해 볼까?'

그때 아현의 옆에 누군가 앉았다.

"변영희 선생님! 감기는 다 나으셨어요?"
"그럼, 말끔히 다 나았지. 그런데 무슨 고민을 그렇게 골똘히
하고 있어?"
"네, 단편 영화제 출품할 작품을 구상하고 있는데 잘 떠오르
지가 않네요."
"자기야! 그럴 때는 멀리서 찾지 말고 가까이서 찾아 봐."

은빛둥지의 최고령자는 변영희 선생님이다. 올해 93세. 항
상 아현을 부를 때는 "자기야."라고 하며 귀엽게 말을 건넨다.
사람들은 아현과 함께 다니면 친구로 볼 정도로 동안의 얼굴을
지녔다. 변영희 선생님의 나이를 알면 사람들은 깜짝 놀라고
컴퓨터 실력을 알게 되면 더 놀란다. "가까이서 찾아보라."는
선생님의 말이 아현의 귓속에서 맴돌았다.

"선생님께서 제 영화의 주인공이 되어 주시면 어떨까요? 사
람들은 아흔이 넘으면 죽음이 가까이 왔다고만 생각하잖아요.
그런데 영희 선생님은 여든이 넘어서 컴퓨터를 배우셔서 지금

은 영상을 제작하고 계시잖아요. 이런 이야기를 풀어낸다면 사람들이 흥미롭게 보지 않을까요?"

"그래, 좋아. 출연료는 줄 거지? 호호."

시나리오를 쓰기 위해 아현은 영희와 인터뷰를 하면서 그녀의 살아온 이야기를 들었다. 차분히 말하는 영희는 가끔 울었고, 듣는 아현은 자꾸 울었다. 아현은 각색 없이 있는 그대로를 보여주는 게 가장 좋겠다고 생각하고 촬영을 시작했다. 촬영 과정에서 75살의 아현은 93살의 영희한테 나이 듦을 바라보는 또 다른 시선을 배웠다. 제목은 '나이야! 가라'라고 붙였다. 아현은 출품을 하고 처음으로 꼭 입상을 했으면 싶었다. 결과가 발표되었다.

'제1회 NILE 단편영화제 대상: 정아현(작품명: 나이야! 가라)'

이번 영화제에서는 블라인드 심사를 했다. 심사위원은 누가 출품한지 모르는 상태에서 작품만 보고 심사를 한 것이다. 수많은 청년감독들이 출품을 했는데 그들과 자유경쟁을 통해서 대상을 받은 아현은 이제 영화감독으로서 공식적인 데뷔를 한 셈이었다.

"선생님! 저는 'KBS 특강쇼' 작가 이수정입니다. 선생님의 사연이 출연 확정되어서 연락을 드렸습니다. 앞으로 준비하실 게 많이 있어요."

"'특강쇼'요? 제가 거기에 왜요?"

"라정우 선생님께서 사연을 쓰시고 출연 신청을 하셨는데 말씀 못 들으셨어요?"

"그래요? 으음, 정말 이 양반이……. 거기 안 나가면 안 되나요?"

"어떡하죠. 이미 방송일자가 잡혀 버렸는데요. 내일 PD님하고 제가 은빛둥지에 방문하려고 합니다."

"어쩔 수 없죠. 그럼 내일 뵐게요."

교육장에서 정우는 강의를 하고 있었다. 끝나자마자 아현은 정우를 찾아갔다.

"'특강쇼' 작가한테 출연 확정됐다고 전화 왔어요. 뭐예요. 저한테 한마디 말도 안 해 주시고. 미워요, 정말.”

“밉긴 뭐가 미워요. 나한테 고마워해야지, 허허. 내가 대여섯 명 올렸는데 아현 선생이 당첨된 거지. 정희 선생은 출연하고 싶다고 난리였는데……. 그리고 영화감독이라는 양반이 방송을 무서워하면 어떡해요. 영화 찍을 때 출연자한테 매번 떨지 말라고 하는 사람이 본인이잖아요.”

“……”

KBS ‘특강쇼’ 촬영 팀이 오면서 은빛둥지는 분주해졌다. 사전 촬영을 마친 아현에게 작가가 말했다.

“선생님께서 출연하시는 날은 방청객이 전부 대학생입니다. 10분 분량으로 말씀을 해주시면 되고요. 그동안 살아온 이야기를 저한테 편안하게 하시면 제가 대본을 만들 거예요.”

이후로 아현과 작가는 6번을 더 통화하면서 대본을 만들었다. 아현은 한 달 전부터 지난 방송을 보며 눈으로 무대를 익히고 분위기를 파악했다. 어느새 출연이 하루 앞으로 다가와 있었다. 아현은 미용실에 가서 아들이 장가가는 날보다 더 신경 써서 머리를 했다. 그날 아현은 하도 많이 봐서 손때로 얼룩지고 너덜너덜한 대본을 안고 잠이 들었다. 그렇게 아현은 설렘과 떨림으로 무대에 올랐다. 대학생들의 눈이 반짝거렸다.

"올해가 광복 70주년입니다. 광복이 되었을 때는 제가 6살이었는데 동네 어른들이 '대한 독립 만세'라고 외치면서 뛰어다니기에 저도 덩달아 뛰어다닌 기억이 있습니다. 이후 초등학교에 입학했지만 집안이 어려워 24살에 결혼할 때까지 집에서 농사만 지었죠. 결혼 후에는 남편이 가게를 운영해서 또 거기서 일하다가 자식들 낳고 그렇게 살았습니다. 제 나이 60살 때 남편이 죽었어요. 6살 때부터 일을 시작해 남편이 죽을 때까지 무려 54년 동안 소처럼 일만 하고 살았어요. 당연히 친구가 없었지요. 남편은 저의 유일한 친구였고 금슬이 정말 좋았어요. 남편이 가고 나니까 저도 따라가고 싶더라고요. 3년 동안 바깥출입을 안 했어요. 이러다가 진짜 죽겠다 싶어 아들이 뭐라도 배우라고 해서 시작한 게 컴퓨터 공부입니다. 처음에는 컴퓨터 켜는 것부터 배웠죠. 그리고 인터넷, 한글, 엑셀, 파워포인트,

포토샵까지 하나를 배우면 또 다른 공부를 선택해서 계속 배웠습니다. 그러다 자격증을 따고 컴퓨터 선생까지 되었습니다."

"짝짝짝!"

아현은 거기서 유난히 반짝이는 눈빛으로 박수를 치는 손녀 지희를 보았다. 이제 떨림은 없어지고 힘이 났다.

"그리고 운명의 영상을 만났습니다. 내가 찍으면 영화처럼 나오는 게 신기했어요. 거기에 완전히 빠져들었지요. 그렇게 재미있게 작업을 하다 보니 작년에는 단편 영화제에서 젊은 감독들하고 경쟁해서 대상을 받았습니다."

"짝짝짝!"

"예전에는 사람들이 저를 보면 할머니라고 했습니다. 이제는 '선생님!' '감독님!'이라고 그래요. 저는 광복이 된 6살 때부터 일을 시작해 학교도 가지 않고 60살 때까지 원치 않는 일을 하며 살았습니다. 누가 학력 이야기를 하면 나도 모르게 얼굴이 빨개졌습니다. 나라는 광복이 되었지만 제 인생은 광복이 아니었던 거죠. 이제야 저는 해방감을 느낍니다. 광복이 무슨 뜻인지 아시나요? '빛 광'에 '찾을 복', 다시 빛을 찾은 거죠. 이 자리에 서 있으니까 비로소 제 인생도 광복이 되었음을 깨닫습니다."

"짝짝짝!"

방송이 끝나고 손녀 지희가 아현을 꼭 안아 주었다.

은빛둥지
청년을 품다

한 청년이 은빛둥지로 들어왔다. 그를 먼저 발견한 상원이 물었다.

"어떻게 오셨습니까?"

"저…… 얼마 전에 '특강쇼'에서 정아현 감독님을 보고 찾아 왔습니다. 저도 여기서 공부를 할 수 있을까 해서요."

"잠깐만요. 원장님! 손님 왔어요."

숙희가 커피를 내왔다. 청년의 이름은 박성신이었다. 정우와 성신이 마주보고 앉았다. 성신은 좀 피곤한 기색이었다. 정우가 먼저 말을 꺼냈다.

"집은 어디신가요?"

"통영입니다."

"그럼 지금 통영에서 오신 건가요?"

정우는 조금 놀라워하며 질문했다.

"네, 며칠 전에 정아현 감독님을 TV에서 보고 저도 하면 되겠다는 용기가 나서 찾아왔습니다. 저는 어릴 때부터 병이 있었습니다. 고등학교를 졸업하고는 군인이 빨리 되고 싶어 자원입대 신청을 했지만 신체검사에서 매번 떨어졌습니다. 결국 군대 면제가 되었어요. 이후 취업을 했지만 회사에서 저의 병을 알고부터는 다정하게 대하던 회사 사람들도 저를 피하더군요. 쫓기듯 거기를 나와 다른 곳에 다시 취직을 했지만 또 쫓겨났습니다. 그러기를 세 번 정도하고 나서 집에서 나오지 않았습니다."

담담하게 말하는 청년이었지만 그 얼굴에서 이제까지의 아픔과 상처가 묻어나는 듯했다.

"정말 힘든 삶을 사셨군요?"

"제 나이 13살 때부터 세상과 담을 쌓았습니다. 지금 제가 32살인데, 거의 20년 만에 다시 세상으로 손을 내민 셈이지요."

"실례지만 무슨 병인지 알 수 있겠습니까?"

"공황장애입니다."

성신의 삶은 절망적이었다. 초등학교 6학년 때 그는 친한 친구들로부터 집단 구타와 성추행을 당한 이후에 쓰러져서 응급실에 실려 갔다. 성신은 심한 충격을 받았고 그때부터 삶은 지옥이었다. 활발했던 성격은 내성적으로 변했고 집 밖으로 나가는 것이 두려워졌다. 대인기피와 공황장애로 학교를 도저히 다닐 수 없어 결국 학교를 그만두고 대안학교로 옮겼다. 그러나 친한 친구들에게서 당한 수치와 악몽과 같은 일들은 성신의 몸과 마음을 늘 지배했다. 하루하루가 무섭고, 두렵고, 슬펐다. 그것을 잊기 위해 매일 한 움큼씩의 약을 먹었다. 약을 먹으면 몽롱해지면서 이내 잠에 빠져들었다. 의사는 약을 먹으면 괜찮을 거라 했지만 성신의 몸과 마음은 피폐해져 갔다. 길을 걸으면 누군가 뒤에서 자신을 흉기로 내려칠 것 같았고, 집에 가만히 누워 있으면 천장이 서서히 내려와 자신을 압사하는 공포를 느껐다. 그래도 꾸역꾸역 대안학교를 다녔지만 학력 인정이 되지 않은 학교여서 고등학교를 다니며 검정고시를 보았다.

여자친구를 사귀어 보았지만 성신의 과거를 말하면 부담스럽다며 이내 그의 곁을 떠나갔다. 그럴 때면 조금씩 괜찮아지던 공황장애가 다시 심해졌다. 학교를 졸업하고 취직해서 돈을 벌었지만 사실대로 병을 말하면 그때부터 사람들은 성신을 멀리했다. 성신도 사람들을 피해 집으로 숨어들었다. 그러기를 7년째, 며칠 전 어느 할머니의 이야기를 TV에서 들었다. 60살이 넘어서 컴퓨터를 배워 영화감독이 되었다고 했다. 초등학교도 나오지 않은 할머니였다. 성신도 용기가 났다. 그렇게 할머니를 찾아 성신은 7년 만에 집에서 나와 안산시까지 먼 여행을 했다.

"큰 용기를 내셨네요."

"정아현 감독님을 보고 다시 세상으로 나올 용기를 얻었습니다. 아직도 갑작스럽게 공황장애가 찾아오면 공포를 느끼고 있습니다. 언제 쓰러질지, 언제 다시 혼자만의 세계로 숨을지 모르는 일이죠. 그래도 도전해보고 싶습니다. 저에게 기회를 주세요. 원장님."

정우는 은빛둥지 회의를 소집했다. 다른 사람들에게는 비밀로 하고 성신을 받을 수도 있었지만 서로에 대한 예의가 아니라고 생각했다.

"사정이 딱하기는 하지만 대인기피에 공황장애까지 있어 이곳에서 함께 있기에는 너무 위험부담이 큽니다. 그러다 사고 나면 누가 책임져요?"

사람들의 반대가 심했다. 그때 조용히 듣고 있던 아현이 나섰다.

"그럼 우리는요? 여기 있는 분들 다 노인이잖아요. 언제 쓰러질지 모르는 건 마찬가지 아닌가요? 그동안 우리는 사회의 편견을 깨고 여기까지 왔습니다. 처음에는 노인이 만든 영상을 누가 사 주기나 했습니까? 저 젊은이도 사회의 편견에 큰 상처를 받고 스스로 자신을 가두어 버린 거잖아요. 이제 세상에 다시 나오기 위해 큰 용기를 냈습니다. 살려달라고 내미는 손을 매몰차게 거절할 건가요?"

"……."

그렇게 은빛둥지에 처음으로 청년이 받아들여졌다. 정우는 성신에게 '청년인턴'을 신청하라고 했다. 청년인턴을 신청하면 정부에서 6개월 동안 월급을 지원해 주었다. 고향을 떠나 이곳에 정착해서 생활해야 하는 성신에 대한 정우의 배려였다. 정우는 성신에게 여러 보고서 작성과 사무를 맡겼다. 한글 문서 작성에 익숙하지 않은 성신은 며칠 밤을 새워가며 자신이 맡은 일을 떠듬떠듬 해냈다. 정우가 의도한 바였다. 문서 작성은 책을 통해 배우는 것보다 일을 하며 배우는 게 빠르다는 걸 정우는 경험으로 알고 있었다. 독수리 타법으로 시작한 성신은 두 달 만에 손가락이 보이지 않을 정도의 속도로 문서를 만들어 내기 시작했다.

"성신아! 이번에 아시아 소셜 벤처 창업대회가 열린다. 사회적기업 창업대회인데 거기서 발표해 외부로부터 펀딩을 받는 거지. 거기에 출품을 해서 입상을 하면 사업지원금까지 주는데 한번 나가보는 게 어떠냐?"

"제가요? 거기 나가려면 프레젠테이션 자료도 만들고 해야할 텐데⋯⋯. 저는 아직 파워포인트도 할 줄 모르는데요. 그리고 창업대회면 아이템도 있어야 되잖아요."

"넌 젊으니까 파워포인트 일주일이면 다 배울 거야. 아이템은 같이 고민해 보자. 한번 도전해 봐!"

"까짓것 한번 해보죠."

가지 않은 길, 그러나 가야 할 길이라는 것을 성신은 알고 있었다. 어느새 밤 10시, 성신의 퇴근시간이었다. 몸은 젖은 솜처럼 무거웠지만 소셜 벤처 창업대회 아이템을 떠올리느라 잠이 오지 않았다. TV에서는 뉴스가 나오고 있었다.

"중국에서 선풍적인 인기를 얻었던 한국 드라마 촬영장에 중국 관광객들의 발걸음이 끊이지 않고 있습니다."

순간 성신의 머릿속이 번쩍했다.

'남이섬은 드라마 <겨울연가>의 인기로 일본 관광객들이 아직도 찾고 있잖아. 마찬가지로 지금 인기 있는 다른 드라마 촬영 장소에도 앞으로 계속해서 많은 관광객들이 올 거야. 그곳에 VR 스튜디오를 설치해서 관광객들이 거기서 모션만 취하면 드라마의 주인공처럼 영상이 만들어지고 그걸 즉석에서 제공한다면 대박 날 것 같은데.'

아침이 빨리 오기를 기다린 성신은 해가 뜨자마자 은빛둥지로 달렸다. 먼저 와 있는 정우에게 성신은 어제의 아이디어를 설명했다. 찬찬히 말을 다 들은 정우가 서랍에서 서류를 꺼내 성신에게 주었다.

'VR 스튜디오를 이용한 관광객 영상 제공 비즈니스 모델'

특허 출원중이었다. 성신은 놀랐다.

"언제 이런 걸 특허 내셨어요?"

"관광지에 촬영 다니면서 가상 스튜디오 부스를 앞에 두고 관광객들에게 자신이 주인공이 되어 관광지를 여행하는 영상을 제공하면 돈이 되겠다는 생각이 들었지. 그 앞에서 사진은 많이 찍어도 영상을 제공하는 곳은 없잖아. 이제는 영상 시대니까. 당장 사업화하고 싶어도 돈이 없잖아. 그래서 일단 특허만 먼저 출원해 놨어."

정우의 미래를 내다보는 혜안에 성신은 놀랐다.

"그런 것도 특허가 되요?"
"그럼, 비즈니스 모델도 다 특허가 되지."
"아무튼 대단하세요. 저는 그것도 모르고 혼자 막 흥분해서……."

머쓱해하는 성신의 두 손을 꼭 잡으며 정우는 말을 이었다.

"성신이 네가 그 이야기를 하는데 내가 흥분되더라. 그런 생각은 아무나 하는 게 아니거든. 그리고 나는 역사유적만 생각했지. 드라마 촬영장은 생각도 못 했어. 아주 좋은 생각을 했다. 그 아이템으로 창업대회에 나가보자."
"네! 알겠습니다."

아시아 소셜 벤처 창업대회는 먼저 국내 예선을 통과해야 아시아 국가대표들과 겨룰 수 있었다. 성신은 구글에서 잘 만들어진 프레젠테이션들을 검색했고 그중에서 삼성경제연구소에서 만든 것을 벤치마킹해 발표 자료를 만들었다. 처음에는 어렵다고 느꼈지만 한글 문서 작성과 비슷한 점이 많아서 금방 배우게 되었다. 드디어 발표 날, 정우와 성신은 공동발표를 했다. 결과는 심사위원장이 현장에서 발표했다.

"총 2개 팀이 한국 대표로 나가게 되었습니다. 바로 종이벽돌로 친환경 집을 짓는 '에코하우스'와 버츄얼 스튜디오에서 관광객에게 영상을 만들어 주는 '은빛둥지'입니다."

국내대표에 선발되면 우선적으로 천만 원의 사업지원금을 주었다. 정우와 성신은 환호했다. 이제 20일 뒤에 싱가포르에서 열리는 본선을 준비해야 했다. 그러나 문제가 있었다. 싱가포르 대회는 영어로 발표를 해야 하는데 성신은 영어가 불가능했고 정우는 발음이 좋지 않아 심사위원들이 알아듣기가 힘들 것 같았다. 정우는 정희의 손자 현수를 떠올렸다.

"현수 영어 좀 하지 않아요?"

"그럼요. 우리 손자 영어 잘하죠. 작년에는 미국에 어학연수도 일 년 다녀왔지."

결국 현수가 발표를 하기로 했다. 성신이 만든 발표 자료를 현수가 영문으로 바꿨다. 정우, 성신, 현수는 함께 싱가포르로 떠났다. 해외여행을 처음 하는 성신은 걱정이 되어 평소보다 약을 더 많이 챙겼다. 현수는 유창하게 발표를 했다. 그러나 심사위원의 평가는 차가웠다.

"아이디어는 아주 좋습니다. 그러나 지금 당장 실현하기에는 투자 대비 수익이 불투명해 보입니다. 조금 더 진전되고 구체적인 실현방법이 있었으면 좋았겠네요."

너무 기대를 많이 해서인가. 돌아오는 비행기에서는 아무도 말이 없었다. 은빛둥지에 도착하니 손님이 기다리고 있었다.

"한국관광공사 배규성 팀장입니다. 매일 아침 사장님께 비서실에서 관광 관련 뉴스를 스크랩해서 올리는데 거기에서 아시아 소셜 벤처 창업대회에 참가한 은빛둥지 뉴스가 있었나 봅니다. 요즘 유커(중국 관광객)들이 드라마 촬영장에 많이 몰리고 있는데 우선 시범사업으로 추진해보라는 지시를 하셔서 이렇게 찾아왔습니다."

싱가포르에서 힘없이 돌아온 세 명은 서로 얼싸안았다. 이후 한국관광공사는 은빛둥지와 업무 협약을 맺고 초기 사업비 3천만 원을 지원해 주었다. 그리고 관광객들의 반응이 괜찮으면 경복궁 등의 주요 관광지에도 가상 스튜디오를 설치하기로 했다. 정우는 우선 전문 배우들을 섭외해 중국 관광객들이 가장 많이 방문하고 있는 드라마 촬영 장소에서 다시 촬영을 했다. 그 영상이 가상 스튜디오에서 원본으로 쓰이는 것이었다. 드디어 촬영장소로 쓰였던 장소에 가상 스튜디오가 설치되었다. 한국관광공사에서는 여행사에 이미 홍보를 한 상태였다. 첫날 예약은 5분 만에 끝나 버렸다. 관광객들은 스크린 앞에서 성신이 시키는 여러 모션을 취했고 5분 뒤 자신이 드라마 주인공으로 나오는 영상을 보며 즐거워했다. 그 영상 끝에는 이렇게 적혀 있었다.

제작자: 라정우

기획: 박성신

촬영: 정아현

프로덕션: 은빛둥지

그날 저녁 성신은 정우에게 다음과 같은 메일을 받았다.

그 꿈, 이룰 수 없어도 싸움, 이길 수 없어도 슬픔,

견딜 수 없다 해도, 길은 험하고 험해도

정의를 위해 싸우리라 사랑을 믿고 따르리라.

잡을 수 없는 별일지라도 힘껏 팔을 뻗으리라.

이게 나의 가는 길이요 희망조차 없고 또 멀지라도

멈추지 않고 돌아보지 않고 오직 나에게 주어진 이 길을 따르리라.

내가 영광의 이 길을 진실로 따라가면

죽음이 나를 덮쳐 와도 평화롭게 되리.

세상은 밝게 빛나리라 이 한 몸 찢기고 상해도

마지막 힘이 다할 때까지 가네 저 별을 향하여.

　　　　　　　　　　　　　　　 - 뮤지컬 <맨 오브 라만차> 중에서

에필로그

'2190년 1월 1일'

　이제 이사를 가야 한다. 2189년에 대전의 인구가 1만 명 미만으로 떨어지면서 정부는 대전의 모든 행정과 복지서비스를 중단한다고 발표했다. 그리고 대전에 살고 있는 주민 9,785명에게 대전을 떠나라고 권고했다. 15년 전에 대구가 사라졌다. 카이스트에서 디지털과 인류의 진화관계사를 연구하는 김찬유 교수는 세계적 석학이었다. 2170년에 펴낸 '호모 디지쿠스'는 퓰리처상을 받았고, 전 세계의 인구 중 2억 명에게 콘텐츠가 팔렸다. 세계 인구가 7억 명이라는 사실을 감안하면 훌륭한 성과였다.

김 교수는 175년 전에 4대 할아버지 김정진이 터를 잡은 세종시로 이사를 가기로 마음먹었다. 카이스트도 곧 세종으로 옮긴다고 했다. 지난 100년간 인구감소로 수백 개의 도시가 소멸되었지만, 세종은 공무원들이 있어 아직은 괜찮은 편이다. 김 교수는 어디로 이사를 갈까 고민을 하다가 175년 전 할아버지가 살았던 '첫마을'이라는 동네로 정했다. 찬유는 새삼 자신의 나이를 떠올렸다. 이제 97세. 작년만 하더라도 법정 정년연령이 97세였지만 정부는 올해부터 3년을 더 올려 100세가 되었다. 찬유는 10년 전부터 퇴직을 준비해 왔지만 퇴직하려고 하면 계속 정년연령이 올라갔다. 이유는 단 하나, 일할 사람이 없다는 거였다. 이러다 죽을 때까지 퇴직을 못할 것 같았다.

정부는 작년 출산율을 0.2%라고 말했다. 아기가 태어나면 TV에서 생방송을 하고 온 국민이 아이의 이름을 부르며 축제를 벌인다. 2190년 한국의 인구는 290만 명이고, 평균 연령은 98세였다. 법적 청년 나이는 70세였고, 노인의 나이는 100세였다. 찬유가 노인이 되려면 아직 3년이 남았다. 노인이 된다고 달라지는 것은 아무것도 없다. 오히려 노인이 되면 한 달에 100만 원씩 노인세를 내야 했다. 한국 정부는 2110년에 연금고갈

을 선언하고, 연금제도를 중단했다. 정부는 국방과 치안 등 최
소한의 서비스만 제공했다. 각자도생의 시대였다.

　찬유는 35세에 하버드 대학교 인류학과 교수가 되었다. 그러
나 47세에 한국의 카이스트로 학교를 옮겼다. 노인의 나라 한
국을 위해서 뭔가 해야겠다는 소명감이 들었기 때문이다. 그러
나 아직 해답을 찾지 못했다. 오늘 아침 그는 아내와 함께 떡국
을 먹으며 또 한 살을 먹었다. 오후에는 국립세종도서박물관에
들렀다. 100년 전에는 국립세종도서관으로 불리던 곳이었다.
이제 인류는 종이로 책을 만들지 않는다. 모든 책은 전자책으
로 만들어졌다. 이제 사서란 직업은 사라졌고, 박물관 큐레이
터만 있을 뿐이다. 참! 그 큐레이터는 전부 AI(인공지능)이다.

　도서박물관은 한산했다. AI 큐레이터가 반갑게 맞았다. 한쪽
에서는 책을 천장 높이만큼 쌓아두고 있었다.

　"저 책들은 뭔가요?"
　"시민들이 30년 동안 한 번도 찾지 않은 책을 버리려고 꺼내
놓은 것입니다."

찬유는 그곳으로 뚜벅뚜벅 걸어갔다. 위에서 아래로, 옆에서 옆으로 책을 쭉 훑어보다가 한 권을 집어 들었다.

『직원 평균 나이 75살, 세계 최고령 기업의 비밀』

저자의 이름을 본 순간 살짝 웃었고, 저자의 프로필을 확인한 순간 소스라치게 놀랐다.

'김정진'

찬유의 4대 할아버지였다. 찬유는 꼼짝도 하지 않고 그 자리에서 3시간 만에 책을 다 읽었다. 등잔 밑이 어둡다고 하더니 4대 할아버지가 170년 전에 이런 책을 썼다는 게 놀라웠다. 무엇보다 책 속의 주인공 '라정우'를 알게 된 것은 엄청난 발견이었다. 그가 그토록 찾아 헤매던 세계 최초의 '호모 디지쿠스'였다. 호모 디지쿠스는 디지털로 인간의 수명을 연장하고, 젊음을 되찾은 인간을 말한다.

'라정우! 이분은 재평가를 받아야 해. 당장 논문을 써야겠어.

인류의 4차 산업혁명이 시작되던 21세기에 디지털로 청년의 삶을 산 그는 인류 최초의 '호모 디지쿠스'야!'

찬유는 국제학술대회에서 라정우가 인류 최초의 호모 디지쿠스임을 밝혔다.

— 인간은 21세기가 되면서 디지털을 활용해 수명을 연장하고 가파른 진화를 해왔다. 찬유는 진화가 처음 일어나던 그 근원을 파헤쳤다. 그러나 아무리 뒤져도 인류 최초의 '호모 디지쿠스'는 찾지 못하고 있었는데, 오늘 할아버지의 책에서 발견한 것이다.

3개월 뒤, 찬유는 논문을 쓰고, 국제학술대회에서 발표를 했다. 세계적인 이슈가 되었다. 유네스코는 인류의 수명연장과 젊음 유지에 기여를 한 학자들에게 주는 상을 '라정우상'으로 정했다.

22세기가 되면서 다양한 문화와 전통이 분해되고, 사라지고, 융합되었다. 21세기와 비교해 바뀌지 않은 것은 딱 하나 '제사'

였다. 80년 전 유네스코는 한국의 제사문화를 인류무형문화재로 등재를 하고 제사를 지내는 집에는 세금을 감면해 주었다. 그렇게 전통은 지켜지고 있었다. 4대 할아버지가 돌아가신 날을 알아낸 찬유는 할아버지에게 제사를 올리며 말했다.

"할아버지가 쓴 소설 속의 실존인물, 라정우가 인류 최초의 호모 디지쿠스로 선정되었습니다. 고맙습니다. 할아버지."

출간후기

나이란 숫자에 불과합니다
배움을 향한 열정과 도전정신이
여러분의 마음에도 샘솟기를 기원합니다

권선복
(도서출판 행복에너지 대표이사)

오늘날은 고령화 시대입니다. 이런 시대에 새롭게 대두된 문제가 있다면 바로 노인복지문제입니다. 남은 인생을 어떻게 보낼 것인가가 노인들이 맞닥뜨린 문제이자 시대의 화두이지요. 그런 노인분들을 위해 은빛둥지가 존재합니다. 은빛둥지는 노인분들의 열정으로 일궈낸 평생학습기관입니다.

라영수 원장님은 은빛둥지를 만든 장본인입니다. 2001년에 설립된 은빛둥지는 현재 20년이란 세월 가까이 유지되어 온 비영리 사회단체입니다. 노인분들은 이곳에서 컴퓨터와 영상 제작을 배우며 삶의 재미를 되찾아가고 있습니다. 뿐만 아니라 각종 공모전에도 참가하여 쾌거를 이루는 등 도전정신을 발휘하여 노인에 대한 사회적 편견을 무너뜨리는 분들이라고 할 수 있습니다.

은빛둥지는 라영수 원장님의 노력과 끈기의 산실이라고 볼 수 있습니다. 이러한 일화는 사람들에게 보다 널리 알려져 젊은이들의 귀감이 될 만합니다. 저자 김정진 선생님께서는 은빛둥지의 존재를 세상에 알리기 위해 한 권의 책을 쓰셨습니다. 이 책을 읽는 동안 열의에 찬 라영수 원장님의 눈빛과 수강생분들의 배움을 향한 도전정신이 떠올라 마음이 훈훈했습니다. 나이는 숫자에 불과하다고 합니다. 삶에 대한 의지와 열정이 있는 한 희망은 계속될 것입니다. 이 책을 읽는 여러분들의 마음에도 희망과 긍정의 에너지가 샘솟기를 기원합니다.

그래, 이것이 기독교다

김성도 목사 지음 | 값 20,000원

저자는 기독교 신자임에도 정확히 기독교가 어떤 종교인지 모르고 있는 교인이 많다고 말하며 이를 차근차근 기본부터 충실하게 가르쳐 주고 있다. 이는 기독교인들이 자신의 종교를 명확히 알고 그 정체성을 찾아 참된 기독교적 삶을 살며 기독교적 목적을 이 땅에 실현하는 역군이 되기를 희망하는 목적이라고 할 것이다. 이 책을 통해 독자들은 기독교의 본질은 무엇인지, 기독교인으로서 어떤 마음가짐을 가져야 하는지 충분히 알게 될 것이다.

사랑으로 핀 꽃

박필령 지음 | 값 15,000원

유방암 4기를 극복하고 새로운 삶을 살고 있는 시인의 시 전반에 깔린 정서는 삶에 대한 축복과 애정이다. 기교 없이 단순하면서도 우아하고, 소박하면서도 마음에 포근히 꽂힌다. 시인은 우리의 삶에서 한결같이 아름답게 불려지는 사랑과 꽃에 대하여 노래한다. 봄기운처럼 얼음물을 녹이는 사랑과 작지만 온 우주를 품은 듯 충만한 꽃. 미소 하나로 작은 위로가 되기를 바라는 마음 등 결코 가볍지 않은 주제를 충분히 녹여낸다.

이것이 진정한 서비스다

이경숙 | 값 20,000원

직무를 막론하고 '서비스 정신'이 '필수 요소'로 불리는 지금 이 시대, 버스, 택시 운전기사들에게 요구되는 서비스 정신에 대해서 자세히 다루고 있는 책이다. 버스, 택시 운전승무원들의 자존감을 높여 주는 한편 친절한 서비스 정신은 정확히 무엇이며, 어떻게 승객을 대해야 할지, 그리고 기사와 승객 모두가 행복해지는 win-win의 방법은 무엇인지 자세하게 망라하고 있는 것이 특징이다.

하루 5분 나를 바꾸는 긍정훈련

행복에너지

'긍정훈련'당신의 삶을
행복으로 인도할
최고의, 최후의'멘토'

'행복에너지
권선복 대표이사'가 전하는
행복과 긍정의 에너지,
그 삶의 이야기!

✿인터파크
자기계발 분야 주간
베스트 1위

권선복 지음 | 15,000원

권선복

도서출판 행복에너지 대표
지에스데이타(주) 대표이사
대통령직속 지역발전위원회
문화복지 전문위원
새마을문고 서울시 강서구 회장
전) 팔팔컴퓨터 전산학원장
전) 강서구의회(도시건설위원장)
아주대학교 공공정책대학원 졸업
충남 논산 출생

책 『하루 5분, 나를 바꾸는 긍정훈련 - 행복에너지』는 '긍정훈련' 과정을 통해 삶을 업그레이드하고 행복을 찾아 나설 것을 독자에게 독려한다.

긍정훈련 과정은 [예행연습] [워밍업] [실전] [강화] [숨고르기] [마무리] 등 총 6단계로 나뉘어 각 단계별 사례를 바탕으로 독자 스스로가 느끼고 배운 것을 직접 실천할 수 있게 하는 데 그 목적을 두고 있다.

그동안 우리가 숱하게 '긍정하는 방법' 에 대해 배워왔으면서도 정작 삶에 적용시키지 못했던 것은, 머리로만 이해하고 실천으로는 옮기지 않았기 때문이다. 이제 삶을 행복하고 아름답게 가꿀 긍정과의 여정, 그 시작을 책과 함께해 보자.

『하루 5분, 나를 바꾸는 긍정훈련 - 행복에너지』